KB212491

친구는 나의 용기

친구는 나의 용기

이우성의 **6**월

ㄴㄴ〉〈ㄷㄴ

차례

작 가 의 말

기적 같아서,
저 소중한 사람들이

사람을 보면 눈물이 납니다. 이유는 모르겠습니다. 늘 그랬어요.

사 년 전, 저는 멈추었습니다. 사람이 준 상처 때문에. 네, 뭐, 아침에 일어나 회사에 갔고 저녁에 퇴근하고 집에 왔습니다. 시간이 흘러가는 걸 보며 그렇게 지냈습니다. 제가 지워지는 것을 느꼈어요. 상관없었고요. 시도 쓰지 않았어요(시의 신은 진작 저를 떠났어요). 인간이 이렇게 슬픈 건 말이 안 된다 생각했습니다. 그건 상관있었어요. 하지만 그냥 있었습니다. 혼자, 매일 혼자.

신기하게도 그때 저는 드라마를 보게 됩니다. 드라마를

좋아해본 적이 없는데 굳이 보게 됩니다. 〈나의 아저씨〉〈갯마을 차차차〉〈나의 해방일지〉〈우리들의 블루스〉를 연이어 봤습니다. 밤마다 혼자 엉엉 울었던 셈이죠. 사람이 그리워졌어요. 저 드라마들이 다, 상처받은 사람들이 서로 위로하는 이야기입니다. 그래서 용기를 내보기로 했습니다. 봄을 지나 여름으로 가는 중이었고, 6월을 앞둔 5월의 쨍한 날이었습니다.

거실 벽에 하얀색 보드를 걸고 이렇게 적었습니다. 사랑하길 멈추지 말자. 그리고 벽에 이마를 대고 한참을 있었습니다. 사랑한다고 말할 거야, 백 번이고 천 번이고 만 번이고 말할 거야. 다짐했습니다. 한 해의 절반인 6월에, 한생의 절반을 처음처럼 다시 시작하는 의지로.

저는 매일 사랑한다고 말했어요. 나에게 말하고 만나는 모든 사람에게 말하고. 그러다 문득 돌아보니 세상에 저를 사랑하는 사람들만 있었습니다. 그들이 저를 채웠습니다. 제 손을 잡고 다시 앞으로 나아가주었습니다. 사람 때문에 아팠는데 나를 살리는 게 사람이라니. 그래서 또 울었습니다. 기적 같아서, 저 소중한 사람들이.

　저는 오랫동안 패션과 라이프스타일을 다루는 매거진의 에디터로 일했습니다. 제가 하는 일은 유명인부터 전문가 그리고 평범한 사람들까지 만나 이야기를 나누고 기록하는 것이었습니다. 그래서 6월, 저의 진심과 능력을 다해 시의적절을 사람에 대해 적어보기로 했습니다. 그저 하루 또 하루 살아내는 것만으로 충분하다고 말해준 동료들에 대해. 깜깜한 데서 허우적대면서도 내일은 더 멋있을 거라고 기대하는 매일의 승리자들에 대해. 그리고 시를 쓰는 것이 내가 자신들을 슬픔에서 구원하는 방식이라고 알려준 영감의 소년들에 대해. 마땅한 존중과 현실적 불안을 담아.

　살균한 듯 뽀얀 하늘, 여과 없이 진한 녹색 잎. 6월은 제가 태어난 달입니다. 이 책을 읽는 누군가 그러니까 당신이, 사람들 속에서 행복하기를 바라는 마음으로 제가 받은 '친구'라는 선물을 드립니다. 여러분의 친구가 되면 좋겠습니다. 희망이라는 그 진부한 믿음이 가슴에 가득차서 하늘을 날면 좋겠습니다.

인
터
뷰

2024년 3월 가로수길 카페에서
연누리(@nurigiela)와 인터뷰를 했습니다.
"요즘 작업은 어때?"
그는 자신이 발견한 소리의 세계를 들려주었습니다.

누리는 소리를 보고 싶었고,

| 연누리 작가 |

○

누리는 미술가다. 아닌가? 미술가가 뭐지? 사전을 찾아보면 설명에 '시각'과 '표현'이라는 단어가 적혀 있다. 보이는 것을 만드는 게 중요하구나. 그 안에 보이지 않는 것을 담기, 그게 미술이구나.

그러니까 누리는 미술가인데 본인은 그렇게 생각하지 않는다. 미술을 하려던 게 아니니까. 그는 미술이 (자신이 하기에는) 더 순수하고, 더 창작에 가까운 무엇이라고 생각한다. 그건 맞는 말이기도 하고 틀린 말이기도 하다. 내가 긴 시간 이 부분을 고민했는데 결론은, 쓸데없는 논의다. 동시대 미술은 정의되는 것을 거부한다. 미술은 인격이 없지만 마치 사람처럼 그렇게 거부를 해버린달까.

누리는 친한 동생이다. 누리가 런던의 유명 패션 학교를 다닐 때 나는 패션 매거진 에디터였다. 취재를 갔다가 만났다. 그때부터 누리는 종종 찾아와 자신이 하고 있는 일을 설명해주었다. 나는 늘 같은 말을 했다. "돈이 좀 돼야 할 텐데." 누리가 하는 건 언제나 멋있고 돈은…… 안 될 것 같다. 그래서 누리에게 갖는 감정은 측은함. 아, 그러네 늘 그랬구나.

오 년쯤 전에 누리가 전화를 걸어서 말했다. "형, 스피커 보여드릴게요." "스피커? 스피커 왜?" 그때부터 나는 미술의 세계로 들어간 스피커를 보게 된다. 소리를 시각화시킨 스피커.

○

불투명 화이트 아크릴판에 스피커 주요 부속들이 돋아나 있었다. 패션을 전공한 누리답게 우아하게 배치해두었다. "빈티지 스피커를 모으고 있었거든요. 그냥 좋아서 모았어요. 이걸로 뭘 해봐야지 생각하다가 해체하고, 제가 원하는 형태로 부속을 조합해서 새로운 스피커를 만들었어요."

여러 개의 빈티지 스피커—해체—원래의 것에서 독립—부속 자체로 존재—누리 마음대로 떠올린 맥락들—원래 스피커는 사라짐—여러 제품에서 떼어낸 부속들을 재조합—새로운 스피커.

대략 이런 흐름. 소리가 어디서 어떻게 오는 것인지 누리의 스피커를 보며 상상했다. 예전에 쓴 시가 떠올랐다. 미지의 방이 있고 거기에 우리가 냈던 소리들이 모여 있다는 시. 그게 아니라면 그 소리가 다 어디로 가겠어. 누리의 스피커는 과거의 소리를 다시 현재로 불러내는 것처럼 들렸다.

그것은 고가의 스피커처럼 나를 깊은 숲에 데려다주지는 못했다. 그래서 더 싱싱했고 소중했다. 빨리 사라져버리니까. 누리의 스피커는 사방으로 열려 있다. 소리를 모으기보다는 흩어지게 만든다. 빠르게 흩어지고 다시 또 흩어진다. 그건 새삼스러운 교훈이었다. 존재하던 것을 새롭게 인식하고 낯선 것으로 만드는, 그 과정의 겸손함과 의지.

 "형, 여기 패널 보시면 소리에 따라 전자 파동이 움직여요. 재밌죠?" 애는 소리를 보여주고 싶었던 것이다. 누리의 스피커를 보고 난 후 종종 말한다. "누리야, 네 작품이 인정받는 날이 올 거야." 누리는 소리를 보고 싶었고, 나는 그 모습이 보고 싶다. 누리는 보았으니 나도 보게 될 것이다. 소리를 보는 게 훨씬 어려운 거잖아!

 ○
 스피커 작품들이 제법 많아졌다. 크기도 커졌고 형태도 다양해졌다. 올 초 누리는 첫 개인전을 했다. 당연한 일을 당연하게 했다.

 "형, 저 이거 팔아보고 싶어요. 작업실에는 더이상 둘 공간이 없어요." 그 말은 사실이었다. 누리 작업실엔 겨우 다닐 길과 작업할 공간만 남았다. 누리는 그가 모으고 있는 여러 신기한 물체와 그것들에서 비롯된 작품들 속에서 살아간다. 안타깝게도 당연한 일은 종종 당연하지 않다. 개인전을 마치고 누리는 스피커들을 그대로 들고 작업실로 돌아왔다.

작품을 파는 것, 작품이 팔리는 것이, 그의 세계가 인정받는 증거일까? 아니라고 하고 싶다. 맞다고 해버리면 허무하니까. 시간이 더 필요할 것이다. 누리가 유명해질 시간, 이렇게 낯선 물건이 미술 작품으로 인정받는 시간.

작업실의 좁은 우주에 스피커를 도로 집어넣으며 누리는 무슨 생각을 했을까? 이 작업을 언제까지 할 수 있을까?라는 생각? 뜬금없이 나는 여기 적어두고 싶다. '누리야, 계속해. 네가 외롭고 고독해도…… 미안하지만 더 해. 내가 너의 작품을 사랑해.'

○

누리가 하고 있는 게 무엇인지 생각해보았다. 생각하고 또 생각해보았다. 라테 마시며 생각하고 넷플릭스 보면서 생각하고 마치 내 사명인 양. 처음엔 누리가 고장난, 생명이 다한, 누군가에겐 고물덩어리인 스피커를 모아 전혀 다른 형태로 조합하는 것을 즐거워한다고 느꼈다.

어떤 일부와 다른 일부를 결합해 낯선 형태로 기능을 복원하는 것.

위의 문장을 적으며 나는 능동과 수동을 여러 차례 고쳤다. 만드는 것과 만들어지는 것 사이 누리가 있다. 그 '사이'는 존재하지 않는다. 이 스피커의 세부가 기억하는 소리는 각각 다르다. 그 소리는 모이기 전에 흩어진다. 다가오기 전에 멀어지고 사라진 지점으로 모여들게 한다. 나는 누리가 그 무엇인가를 느꼈으며 그것이 그 자신을 붙들고 있다고 믿는다. 모호하고 엄연히 말하면 존재하지 않는 것. 소리란 본디 그런 것인데 누리가 스피커를 통해 회복시킨 소리는 소리를 다시 지운다. 그래서 남아 있는,

소리가 없다. 바로 이 지점에서 보이는, 흩어지는 것, 보이지 않는 것을 지우며 선명해지는 보이지 않는 소리.

○

막막한 우주를 걸으며 계속 나아가게 하는 힘은 무엇일까?

누리를 보며 생각한다. 답을 찾으려고 생각하는 것은 아니다. 더 큰 무엇인데 언어로 적기 어렵다. 구체적으로 기록하기 위해 공부를 더 해야 한다. 하지만 나는 그것이 구체화되기를 원하지 않는다.

그래서 나는 이 책의 첫번째 친구로 누리를 적었다.

6월 2일

에
세
이

엄마가 내게 준
최고의 생일 선물

엄마는 가난해서 학교에 갈 수 없었다.

"순옥이는 작아서 바람 불면 날아가니까

중학교는 가지 말자."

할아버지가 엄마에게 말했다.

중학교에 가려면 산을 하나 넘어야 했다는데……

엄마는 형과 나를 낳고 엄마가 되었다.

내가 대학생이 되었을 때

엄마는 중학교에 가겠다고 국민학교 졸업장을 찾아다녔다.

어디에서 누가 어떻게

그 수십 년 전의 졸업장을 발급해주었는지 모르지만

엄마는 기어코 국민학교를 졸업했다는 사실을 증명하고

정식 교육기관 인증을 받은 중학교에 들어갔다.

몇 년 후에 고등학교에 입학했고

몇 년 후에 대학생이 되었다.

나와 같은 국어국문학과.

그리고 졸업했다.

6월 2일은 내 생일이다.

엄마가 나에게 준 최고의 선물은

"누구든지 학교로 오너라.

배우고야 무슨 일이든지 한다"는

소설 『상록수』의 대사를

몸소 보여준 것이다.

에
세
이

내게 용기를 준 친구

성완(@wanydepp)

성완, 거꾸로 불러야 완성된다

완이는 게임 회사에 다닌다. 하는 일은 사운드 만들기. 말
이 지나가면 말 소리가 나야 하고, 바람이 불면 바람 소리가
나야 하고, 캐릭터가 칼을 휘두를 땐 캐릭터 고유의 칼 소리
가 나야 한다. 완이가 만든다. 디지털 사운드를 조합한다고
한 것 같은데 자세한 건 모른다. 다만 소리를 만드는 건 인
간이 할 수 있는 일 중 손에 꼽힐 만큼 아름답고 경이로운
작업이라고 생각한다. 완이를 살살 건드리면 사라질 것 같
다. 그 자신, 소리로 이루어진 존재 같아서.

완이의 꿈은—완의 나이를 감안할 때 '꿈'이라고 말해도
되는지 확신이 서지 않지만 그의 꿈은—가수다. 완이는 가
끔 노래를 불러준다. 완과 나와 친구들이 함께 해변에 간 적

이 있는데 완이 서서 기타 치며 노래를 불렀다. 우리는 둘러앉아 소리가 만드는 풍경을 보았다. 파도와 바람과 오후의 기온이 완이의 화음 위에 얹어졌다. 나는 죽지도 않을 거면서 죽어도 여한이 없다고 생각했다. 죽지 말아야 할 이유도 명확했다. 살아서 그 풍경 속으로 돌아가고 싶어서.

완이의 고음은 단단해서 슬픔을 뚫고 간다. 반면 저음은 날렵하고 새처럼 총총 걷는다. 그리고 어딘가에 묘한 떨림이 담겨 있는데 나는 그것이 그의 불안이라고 그리고 희망이라고 믿고 있다. 올해 초 완이가 유튜브 링크를 보내주었다. 새 싱글 앨범이었다. 나는 그 곡이 좋지도 안 좋지도 않았다. 사실 그건 중요하지 않다. 어떤 노래는 좋고 어떤 노래는 안 좋은 게 당연하니까. 완이는 요즘 인스타그램 라이브를 켜고 노래를 부른다. 네 명 혹은 다섯 명 정도가 그 방송을 본다. 그 숫자 역시…… 중요하지 않을 것이다.

무엇인가를 계속하는 게 오직 그것만으로도 의미가 있다고 믿었던 적이 있다. 지금은 모르겠다. 어떤 일은 결론이 정해져 있다. 그래서 또 누군가는 과정 자체를 즐기라고 말한다. 멋진 말이다. 하지만 나는 결과가 두려워서 과정을 사랑하고 싶지 않다. 결과가 좋지 않으면 언젠간 그만두게 된다. 이건 중요하다.

완이의 성은 성이다. 성완. 거꾸로 불러야 완성된다. 그래서 나는 자주 거꾸로 부른다. 그의 운명은 그의 것이니 내가 해줄 수 있는 건 없다. 하지만 그와 그의 노래, 정확하게는 그의 삶을 사랑하는 사람으로서 내가 할 수 있는 건 함께 이 시절을 보내는 것이다. 나는 완의 친구이고 완의 팬이다. 그가 노래를 계속 부른다면 나는 계속 그의 노래를 들을 것이고 사랑할 것이다. 하지만 나는 완이 계속하는 걸 응원하지 않을 거다. 그가 어느 순간 그만두어도 대수롭지 않게 받아들일 거니까. 완도 나도 이 현실을 살아갈 뿐 이외의 것들을 알지 못한다.

완성되는 소리는 어떤 소리일까? 성공하는 소리, 유명해지는 소리는? 사랑받는 소리는? 그것은 과정일까 결과일까? 터벅터벅 걸어가는 어떤 날의 내 모습이 떠오른다. 그날 내 표정은 멍했고 그게 별로 안 멋져서 웃었다. 웃는 게

작위적이어서 밀려오는 불안과 슬픔을 받아들였다. 완의
노래를 들었다. 그걸로 충분했다.

6월 4일

_____

시

_____

시의 신이 떠나고
두번째로 쓴 시

이 시는 시간이 오래 흘러 내가 죽는 장면으로 끝난다[*]

인찬이 시를 읽다 시집을 덮었다 어떻게 이런 문장을 쓰는 거야

대학로 마로니에 공원에 앉아 있었는데 혼자 심하게 늙는 기분이 들었다 결혼도 안 했는데

꽃 지고 새순이 가지마다 돋아났고 나무가 뽑혀 날아갈 것 같았다

새순은 태양을 봅니다 태양에 가까이 가려고 합니다 나무는 날고 싶고요

말할 사람이 없어서 아무렇게나 중얼거렸다 들을 사람도 없는데 두꺼운 패딩을 입은 한 사람은 소리쳤다 악마가 세

상에 있다고

나는 믿지 않는다 어떤 시는 어이없을 만큼 아름답고 오늘의 빛은 낮이 영원할 것처럼 쏟아지는데

악마라니

고작 악마 따위

있으면 어쩌라고

아냐 악마가 있으면 좋겠다 영혼을 팔면 나도 저런 문장을 쓸 수 있을 거야 그런 거래의 말로는 비극이던데 지금도 천국에서 살진 않잖아

좋은 시나 원 없이 쓰면 좋겠다 그럼 돈도 벌고 아니 돈은 못 벌고

어떤 소설가가 노벨상을 탔다는데 너는 시인이라 그런 거 못 받냐고 말하는 아빠에게 이 시를 제가 썼습니다 큰소리 한번 칠 텐데

아빠는 모를 것이다 아빠는 시가 어렵다고 하셨다

하 이거 참 악마에게 영혼을 팔아도 아빠를 즐겁게 해주는 게 어렵다니 뭐 이런 쓸데없는 악마가 있나

그래서 이 시는 악마에게 영혼을 파는 장면으로 끝날 뻔했으나 멍청한 시인의 한숨이 이어지고

그에게 자존심이 있어서 여기 한 줄을 더 남겨둔다

그래도 영혼은 팔지 않았다

---

* 황인찬, 「건축」 부분.

에
세
이

그저 눈을 감았다가
떴을 뿐인데

죽지 않을 거지만 죽어도 상관없다고 생각했다. 몇 년 전 어떤 일로 크게 상처받고 나서 매일 정지된 것처럼 지냈다. 시간은 자꾸 미래로 가는데 나는 정확하게 제자리에서 과거를 붙들고 있었다. 오랫동안 달리기를 해왔지만 그즈음엔 엄두가 나지 않았다. 움직이는 게 싫었고 괴롭고만 싶었다. 괴로운 게 싫은데 괴롭고 싶은 역설. 상처는 끝끝내 나를 침몰시켜 익사하게 할 참이었다.

살처럼 부드러운 빛이 거실을 마구 침범하던 5월 오전, 침대에서 몸을 끌고 나와 거실 소파에 앉았다. 멍하니 앉아 눈을 감았다……기보다, 눈이 감겼다. 그렇게 머물러 있었다. 그때 무슨 일인가 생겼다. 그게 무엇인지 정확하게 이해하기까진 오랜 시간이 걸리지만 눈을 떴을 때, 아니 눈이 떠졌을 때 시계를 보니 삼십 분이 지나 있었다. 시계를 잘못 봤나? 잠깐 의심하다가 아, 내가 잠이 들었구나, 피식 웃었다. 그런데 아무리 되짚어봐도 시계를 잘못 보지 않았고 잠이 들지도 않았다. 깨어 있는 의식으로 그 시간을 보낸 것이다.

기억나는 몇 가지 감각이 있다. 감은 눈꺼풀 위로 햇살이 내려앉았고 그 무게를 느낄 수 있었다. 햇살은 구체적인 물질처럼 선명하게 질량을 갖고 있었다. 작고 약하게 숨이 코로 들어오고 나가는 소리를 들었다. 그 소리는 숨과 코의 대화 같았다. 내가 모르는 언어, 그 둘만이 아는 이야기. 그리고 따뜻한 손이 이마를 만졌다. 지금 이 순간에도 이 감각들을 온전히 기억하고 나에게서 복원시킬 수 있다. 그때 느낀 감정은 '고요'였다. 아, 그런데 삼십 분이 지났을 줄이야. 순간이었는데. 행복한 나의 첫 명상.

그날 이후 아침마다 일어나서 거실로 나가 명상을 했다. 할일이 생긴 것이다. 모든 걸 나 스스로 멈춰버려서 할일이 없었는데 스스로 할일 한 가지를 만들었다. 이게 왜 가능했는지 오래 생각해보았는데 죽어도 상관없다고 믿긴 했지만 본능적으로 살려고 했던 것 같다. 나중에 이 시기의 일들을 친구들에게 말했더니 의외로 나처럼 깊이 상처받고 좌절한 경험을 다들 갖고 있었다. 그래서 언젠가 기회가 된다면 사람들에게 명상에 대해 알려주고 싶었다.

다시 원래 이야기로 돌아가면, 아침에 할일이 생기니 아침에 잠자리에서 일어나야 할 명분도 생겼다. 명상을 해야 하니까 그만 일어나서 거실로 나가자! 아침에 일어나려면 저녁에 자야 했고, 조금씩 삶을 정상적인 상태로 돌려놓아야 했다. 그렇게 서서히 나와 나를 둘러싼 환경을 움직이기 시작했다.

명상이라고 해서 거창한 건 아니고 그냥 눈을 감고 앉아 있었다. 정말 그것만으로 괜찮아졌다. 눈을 감고 가만히 앉아 있으면 여러 생각이 미사일처럼 달려들었다. 처음엔 회피했는데 어느 순간 받아들일 수 있었다. 어떤 생각은 끝끝내 모른 척하고 싶었으나 다른 여러 생각을 마주하면서 서서히 용기가 생겼다. 어차피 한 번은 나를 통과하고 나서야 사라지겠구나, 깨달았고 결국 그 모른 척하고 싶던 생각들마저 받아들였다.

눈을 감고 앉는 건 차분히 생각한다는 것이다. 흔히 명상을 한다고 하면 무념무상의 상태에 있는 걸 떠올리는데 그런 건 존재하지 않는다. 명상은 생각 속에 있는 것이고, 생각이 들어오고 나가는 것을 바라보는 것이다.

그즈음 마음의 상태가 조금씩 나아졌지만 고통을 극복할 수 있을 만큼은 아니었다. 우연히 달리기와 명상을 같이 하는 모임을 발견했다. 용기를 내서 나가보았다. 막상 다시 달리기를 하니 하, 몸의 모든 세포가 좋다고 외쳤다. 여름 직전의 나무들은 푸른 잎들을 밀어내느라 여념이 없었다. 그 모습이 나에겐 세상과 대화하겠다는 의지로 읽혔다. 모르는 사람들과 그 풍경을 보며 달리는 건 꽤 근사한 경험이었다. 우리는 아이처럼 세상이 낯설었고 역시 아이처럼 순수하게 좋아할 수 있었다. 슬픔도 기쁨도 마음의 일이니 마음이 나아지면 모든 게 괜찮아진다는 걸 그때 알았다. 달리기의 마법은 그것이 결국 마음을 뛰게 한다는 것이다. 그러니 용기 내서 달릴 수만 있다면 결국 다 괜찮아진다.

달리기를 마치고 공원 의자에 앉아 명상을 했다. 우린 한 스무 명쯤 되었다. 편한 자리에 아무렇게나 앉았지만 어색했다. 바깥에서 낯선 사람들과 어울려 눈을 감고 가만히 앉는 것은 생경한 경험이었다. 가운데 서 있는 진행자의 안내에 따라 크게 숨을 들이마시고 내쉬기를 반복했다. 그리고 서서히 자신에게 편안한 호흡으로 숨을 쉬었다. 진행자가 말했다. "호흡에 집중하세요, 들이마시고 내쉬는 상태, 공기가 들어오고 멈추고 나가는 흐름에 집중해보세요." 한동안 그렇게 했다. "자, 이제 아까 달리면서 좋았던 순간을 떠올려보세요." 나무도 푸른 잎도 머리카락을 흔들고 가던 바람과 무리 지어 사라지던 새들과 한남대교를 달리던 자동차들 그 모든 것이 좋아서 그 풍경을 떠올리다보니 자연스레 미소가 지어졌다. 오 분 남짓 그렇게 머물렀다. 눈을 떴을 때 세상이 흐릿하게 보였다. 서서히 윤곽들이 선명해졌다. 무엇인가 다시 켜지고 새롭게 시작하는 기분이 들었다. 그저 눈을 감았다가 떴을 뿐인데. 나는 요즘도 한 달에 서너

번 이 친구들과 달리기와 명상을 한다. 달리다가 친구들 표정을 보면 행복해 보인다. 나는 매일 달리기를 하고 혼자도 자주 달리지만 사람들과 함께 달릴 땐 더 밝게 웃는다. 같이 어떤 흐름 속에 있다보면 기꺼이 서로의 존재를 받아들이게 된다. 가끔 그들 누군가의 슬픔을 함께 짊어지고 싶다고 느낀다. 그들이 내 슬픔을 그렇게 나누어 들어주고 있다고도 느끼고.

명상 도중에 눈을 뜨고 친구들을 바라볼 때도 있다. 고요 속에서 그들은 평안을 찾아가고 있을까? 어떤 친구는 습관적으로 미간을 찌푸리고 어떤 친구는 입가에 옅게 웃음이 묻어 있고 어떤 친구는 무표정하다. 눈을 감고 그들 자신의 내면 속에서 무엇인가 발견해내고 있겠지 생각하면 나도 위로를 받는다. 슬플 때, 그래서 삶이 더이상 아무 의미가 없을 때, 나는 굳이 세상과 연결되고 싶지도 않았고 좋은 기분을 느끼고 싶지도 않았다. 그런 줄 알았다. 사실은 아니었다. 내면이 원하는 건 달랐다. 용감하게 바깥으로 나가 풍경 앞에 섰을 때 알 수 있었다. 내가 진정으로 원하는 건 사람들 속에서 움직이며 그들과 서로 연결되는 것이었다.

그것은 내가 세상에 존재하는 이유였다.

인

터

뷰

2024년 6월 아이린(@uni_irene) 코치에게
전화를 걸고 질문을 했습니다.
"여전히 달리기가 좋아요?"
그녀는 두 살 아이와 택시를 타고 이동중이었습니다.

달리기를 한다면 누구나 친구가 될 수 있지

│ 아이린 나이키 코리아 런 클럽 헤드 코치 │

○

신호등이 깜빡여도 안 달릴 거야. 선수 생활을 마치며 김
윤희는 다짐했다. 김윤희는 2015년 론칭한 NRC(나이키 코
리아 런 클럽) 초대 헤드 코치가 된다.

안 달린다며?

사람들은 김윤희를 '아이린 코치'라고 부른다. 아이린 코
치는 두 살 아이의 엄마가 되었고, 여전히 달리기를 하고
있다.

○

"달리는 걸 즐거워해본 적이 없어요. 선수일 때는요. 학교를 졸업하고 실업팀에 갔는데 성적이 안 나왔어요. 그래서 그만두었어요. 그렇게 지내다 언젠가 일반인들이 마라톤 대회에서 즐겁게 뛰는 걸 보고 충격을 받았어요. 달리기를 즐거워한다고? 이해가 안 됐어요. 하루는 저녁이었는데, 힘든 일이 있어서 헤드폰을 들고 한강에 달리기를 하러 갔어요. 왜 그랬는지 모르겠어요. 자연스럽게 그렇게 했어요. 한참을 달리고 편의점에서 물을 사서 마시는데 기분이 정말 좋았어요. 처음 느끼는 감정이었어요. 한강을 달린 것도 처음이고, 음악을 들으면서 달린 것도 처음. 그때 깨달았어요. 내가 달리기를 좋아한다는 걸."

우리는 수 년 전(정확하게 기억나지 않는다) 나이키 화보 촬영장에서 처음 만났다. 그녀나 나나 사교적이지 않은데도 순식간에 친해졌다. 나는 러닝 매거진 편집장이었고 그녀는 아이린 코치였다. 둘 다 달리기를 좋아한다. 충분하지. 달리기를 한다면 누구나 친구가 될 수 있지.

"처음엔 선배 오빠 따라 나이키 러닝 이벤트에 갔어요. 선수 출신 중에 제가 막내여서 워밍업 리딩을 했어요. 단상에 올라갔죠. 긴장해서 뭘 했는지 기억이 안 나요. 끝나고 내려왔는데 좋더라고요. 저는 사람들 앞에서 말하는 거 잘 못하는 사람인데 그날은 재미있었어요. 그런데 생각해보니 어릴 때 제가 말을 잘하는 아이였더라고요. 엄마가 종종 이야기해주셨어요. 말도 일찍 배우고 막힘이 없었다고. 그날 이후 기회가 되면 러너들을 리딩하는 역할을 했어요."

"대표님, 잠시만요, 지금 아이랑 택시 타고 이동중인데, 곧 내려야 해서 다시 전화드릴게요."

아이린은 나를 대표라고 부른다.

"제가 일반인 러너들에게 달리기를 잘 알려주려고 노력을 많이 했거든요. 스피치 학원도 다녔어요! 나이키 관계자들도 그걸 알고 있었어요. 그래서 2015년 NRC와 NRC 앱이 국내 론칭할 때 헤드 코치를 맡게 된 거죠."

전 세계 사람들이 사용하는 이 글로벌 앱을 한국에서 접속하면 아이린 코치가 모국어로 알려주는 코칭 프로그램을 들으며 달리기를 할 수 있다. 예전에 아이린의 선배 격인 선수 출신 코치 한 명, 나, 아이린 코치 이렇게 셋이 커피를 마시는데, 그 코치가 말했다.

　"육상계의 김연아였죠."

　아이린 코치가 부끄러운 표정을 지으며 그런 소리 하지 말라고 말했다. 하지만 그런 말을 들은 건 사실이라고 나를 보며 굳이 알려주었다. 김연아는 건드리면 안 되는데⋯⋯ 나는 그 둘이 부끄러워 주위를 둘러보았다. 재미있고 편안했다. 아이린은 다른 유명한 사람과 비교하면, 평범하다. 편하고 다시 생각해보니 재미는⋯⋯ 좀 없지.

　○

　NRC 앱을 열고 아이린의 코칭 프로그램을 들으며 달리면, 용기가 난다. 유쾌한 친구가 같이 달리며 격려해주는 느낌. 충분히 잘 달리고 있다고.

"사람들이 제 목소리에 신뢰가 간대요."

신뢰 가는 목소리로 아이린이 말했다. 그런가? 어떤 코치는 목소리에 채찍을 담아 강하게 내리친다. 그건 그 나름의 의미가 있겠지. 아이린의 목소리는 단호하고 부드럽다. 오래 생각하며 깨달은 사실인데—목소리에 담겨 있는 마음에 대해—아이린은 달리는 사람을 응원한다. 기록이 아니라 달리는 행위 자체. 즐겁게 달리는 것만으로도 충분하다는 걸 김윤희는 아니까.

"며칠 전 나이키 코치들 세미나가 있었는데 거기서 질문을 받았어요. '(많은 코치들 중에) 아이린이라는 코치는 왜 필요한가?'에 대해. 생각을 해봤어요. 저는 훈련 스케줄을 치밀하게 짜서 서브3, 서브4를 달성하게 만들어주는 코칭을 하는 것 같진 않아요. 그건 제가 하고 싶은 게 아니에요. 저는 그저 한 명 한 명 러너들이 목표를 이룰 수 있게 함께 달려주고 싶어요. 포기하지 않고 계속 나아갈 수 있게요."

그녀 자신이 그렇게 나아가고 있다.

○

아이린 코치는 아이를 낳았다. 출산 직전까지 달렸고 출산 후에도 달린다. 출산 전, 한 러닝 크루 정기런 때 만나서 물었다. "괜찮아요? 이제 곧 아이가 나올 것 같은데요?"

"네, 아이랑 같이 달리니까 더 좋아요."

출산하고 얼마 지나지 않았을 때 아이린 코치의 인스타그램에 달리기 사진이 올라왔길래 메시지를 보내 물었다. "괜찮아요? 그만 좀 쉬라고!"

"저 괜찮은데요? 살살 달리면 돼요."

신호등이 깜빡이지 않아도, 뛴다. 다행이야, 좋아한다는 걸 다시 알게 되어서. 하마터면 영영 안 달릴 뻔했어, 라고 적고 잠깐 생각해보니…… 그런 일은 생기기 않았을 것이다. 이건 우연도 기적도 아니다. 그녀 안에 숨겨져 있던 작은 마음은 결국 이렇게나 '평범한 희망'이 되었을 것이다. 사실은 '희망'이라고 적어놓고 한참을 고민한 후에 '평범한'이라고 적었다. 왜, 무엇이 대단하고 거룩하고 우아해야 하는가. 좋아하는 것을 계속하고 있다는 사실만으로, 그것이 세상을 뒤바꿀 만한 이벤트가 아니라고 해도, 충분히 아름답지 않은가?

어릴 때 말을 빨리 배웠던 한 사람은 달리기 선수가 되고 그후 아이린 코치가 된다. 나는 뭘 잘하는 아이였을까? 좋아하던 일을 여전히 하고 있을까? 내 안의 어떤 마음이 무럭무럭 자라고 있을까? 혹은 성장을 멈추었을까? 소중한 걸 이제야 다시 찾고 있다.

6월 7일

에
세
이

내게 용기를 준 친구

유주연(@hotelarmadillo)

주연 누나는 정수리부터
신발 밑창까지 멋있었다

패션 매거진 에디터로 일하던 2009년 신춘문예에 당선됐다. 계속 글을 쓴다고만 생각했는데 누군가에겐 직업이 두 개가 된 걸로 보였나보다. 에디터와 시인은 매우 다른 직업인데 어떻게 두 개를 다 할 수 있냐는 질문을 많이 받았다. 하지만 당선해서 시인이 되기 전에도 시를 썼다. 쓰는 일을 계속하고 있을 뿐인 건데. 여전히 같은 질문을 받는다. 게다가 지금은 미남컴퍼니라는 콘텐츠 회사를 운영하고 있고 식당도 한다. 직업이 여러 개라고 느낀 적은 없고…… 계속 일을 하고 있다. 일은 계속하던 거다.

주연 누나는 전 세계에서 가장 비싼 패션 하우스에서 운영하는 미술관에서 일했다. 전시를 기획했다. 그만둔 후엔 포스터와 디자인 서적이 많이 진열된 북카페에서 일했다. 식음료 파트를 책임졌다. 지금은 '호텔 아르마딜로'라는 카페를 혼자 운영한다. 작은 카페다. 네 평. 내부는 동굴처럼 좁고 긴 형태다. 너무 작아서 이름에 '호텔'이라고 적혀 있는 게 위트로 읽힌다. 그러니까 요약하면 전시 기획을 하던 누나는 호텔을 한다.

기억을 떠올려보니 누나의 호텔에 갈 때마다 에둘러서 이렇게 말했다. "손님들은 누나가 어떤 일했던 사람인지 모르겠지?" 당연히 모를 텐데 매번 이렇게 말한 건 누나가 엄청 유명한 브랜드에서 일했다는 것을 자랑하고 싶어서였을까? 굳이? 누구에게?

언젠가 누나가 검정 바이크를 타고 가죽 재킷을 입고 내가 운영하는 한남동 카페에 온 적이 있다. 아, 맞다, 나도 카페 사장을 했었지. 그때 누나는 정수리부터 신발 밑창까지 멋있었다. 지금 안 멋있다는 게 아니라 예전이 훨씬 화려했다고…… 누나는 과거의 어느 시점으로 돌아가고 싶을까? 물어보지 않았다. 앞으로도 물어보지 않을 거다. 나는 누나의 답을 안다. 그리고 그 답이 무엇인지는 중요하지 않다.

"누나, 예전에 하던 일과 지금 하는 일은 어떻게 달라?" 하고 며칠 전에 물었다. 내가 이걸 궁금해하는지 모르겠지만.

"두 직업이 크게 다른 점이 없는 것 같아. 날마다 주어진 일을 하나씩 해나가는 거야." 나는 이 말이 이해가 되었다. 그리고 이렇게 말하는 누나가 좋았다. 중요한 건 '어떤 일'이 아니라 계속 일을 한다는 것! 누나가 갑자기 다른 일을 한다고 해도 나는 놀라지 않을 것 같다. 계속 일을 하고 있는 거니까. 좋아하는 일이든 아니든 덤덤하게 주어진 삶을 사는 것.

아르마딜로는 포유류다. 브라질 판타나우에 사는 '큰아르마딜로'는 매년 서식처인 굴을 여러 개 파는데 그 굴에 다른 동물들도 쉬다 간다. 그래서 '아르마딜로' 앞에 '호텔'이 붙었다. 이 네 평 작은 호텔이 누구보다 누나 자신에게 쉴 곳이 되면 좋겠는데. 물론 '날마다 주어진 일을 하나씩 해나가는' 사람들에게도.

6월 8일

시

시의 신이 떠나고
세번째로 쓴 시

얼굴에 꽃잎이 묻었어

친구가 말했다 눈 아래 꽃잎을 손가락으로 집어, 후 하고
불었다

나한테서 피어난 거야

역시 시인은 달라 친구는 웃었다 그 웃음이 더 꽃 같았고

잘가 나의 일부야 영원히 지지 말렴

친구는 또 웃고 나는 이기겠다고 말했다

무엇에?

떨어지는 꽃잎을 잡으면 사랑이 이루어진대 또다른 친구
가 말했다 원투 잽 스트레이트를 날리며

다른 친구들도 뛰어다니며 팔을 뻗었다 한 명이 소리쳤
다 아

거의 잡았는데

사랑은 그렇게 쉽게 이루어지지 않는다

나는 혼자 몰래 좋아하는 친구의 팔을 손가락으로 건드렸다

잡았다

그 친구는 내가 좋아하는 걸 모르고 눈치도 채지 않고 웃었다

꽃이잖아 네가

말하지 않았다 나는 부끄러움이 많다

꽃이 말했다 역시 시인은 달라

어떤 꽃이 말했는지는 중요하지 않다

정작 나는 시를 못 쓰고 있다 딱딱해 굳이 사전처럼

우리는 온통 꽃에 정신이 팔려 시 같은 건 읽을 시간도 없지만

친구들은 나를 시인이라고 부른다 이제 시인이 아닐 수도 있는데

집에 와서 시를 썼다 시가 피어나는 나무는 없을까로 시작하는 시

지지 않으려면 내가 나무가 되어야 할 텐데

인
터
뷰

2024년 9월 김세미(@saemi.kim) 대표에게

한 통의 메일을 보냈습니다.

"차가 왜 사랑인가요?"

나는 가볍게 던졌는데

그녀는 진중하게 받아주었습니다.

저는 본질의 본질의 본질을 묻는 게 취미예요
| 김세미 맥파이앤타이거 대표 |

○

어느 날 내 주변의 멋진 사람들은 전부, 차를 즐긴다는 것을 알게 되었다. 오, 이건 놀라운 발견인데? 혼잣말했다. 차를 마시면, 멋진 사람이 된다. 인과가 부족한가. 차를 마시면, 마음이 고요해진다. 차를 마시면, 바깥으로 뻗어나가는 마음이 다시 안으로 향한다. 의식적으로 돌보지 않으면 마음은 바깥에서 길을 잃는다. 이건 추상이 아니다.

차에 관심을 가지면서 자연스럽게 '맥파이앤타이거'라는 브랜드를 알게 되었다. '까치와 호랑이'라는 뜻이다. 뭐랄까 나에게 차는, 그러니까 차의 이미지는, 학부 때 배운 15세기 중세국어 같았다. 해석할 수 있을 것 같기도 한데 모르겠고 분명 세종대왕 할아버지가 만든 모국어 같은데 묘하게 다른.

인류는 수천 년 차를 마셨다. 차의 세계는 그 자체로 우주다. 수 세기를 거쳐 여기에 와 있다보니 차를 설명하거나 소개하는 언어에는 시대가 혼재되어 있다. 동시대 언어가 충분히 따라붙지 않으면 이해하기 어렵다. 맥파이앤타이거는 차를 지금 우리의 문화로 만들고 있다. 차를 설명하는 언어, 차를 담는 포장 방식, 차를 내리는 도구, 모두 명확하고 간결하며 무엇보다 일관성이 있다.

김세미는 맥파이앤타이거 대표다. 그는 인스타그램에 삶의 여정을, 수시로 찾아오는 균열의 순간과 그 안에서 깨닫는 행복을 기록하고 있었다. 부지런하고 차분하고 섬세하다 생각하며 읽다가 이 사람은 어떻게 이렇게 현명할 수 있지 감탄했다. 게다가 매일 성장하고 있는 게 느껴졌다. 그녀를 이끄는 힘이 외부적인 게 아니라 그녀 자신인 걸 깨닫고 겸허해질 수밖에 없었다. 또한 다행이라고 느꼈다. 그 감정이 왜 '다행'이었는지는 아직 모르겠다.

○

이우성(이하 이) │ 차는 '삶을 더욱 뚜렷하고 명료하게 바라볼 수 있도록 돕는 물약'이라고 SNS에 적은 걸 읽었어요. 차가 정말로 그런가요? 세미님의 관점, 인식을 들어봐야 할 것 같은데요?

김세미(이하 김) │ 정말로 그렇다고 믿고 있어요. 여러 가지 근거를 말씀드리는 것보다 제 믿음이 더 중요한 것 같아요. 제가 이걸 십 년 동안 변치 않고 믿고 이야기하고 전파하면 사실이 될 거예요. 여기에 브랜딩의 핵심이 담겨 있다고 생각해요. 십 년 동안 같은 이야기를 하는 것. 그리고 그걸 브랜드를 넘어서 제 삶으로 살아내는 것이 중요하다고 믿어요! 왜 믿는다는 표현을 쓰냐면요, 저는 이 세상에 완벽한 사실은 없다고 생각하기 때문이에요. 오히려 나는 차를 어떻게 바라보고 있는지, 맥파이앤타이거는 차를 어떻게 전하고 싶은지, 사람들의 삶에 차가 어떤 역할을 했으면 좋겠는지, 저희 내부에서 정의하고 그걸 사람들이 믿을 때까지 꾸준하게 정진하는 것 말고는 방법이 없다고 생각하거든요. 첫 질문부터 거창한 답변이 되는 것 같지만 제가 삶을 바라보는 관점도 크게 다르지 않아요. 내가 바라보는 대로 내가 믿는 대로 세상은 구현될 수 있다!고 확신해요. 그래서 무슨 생각을 하고 어떤 사람을 만나고 세상을 어떤 프레임으로 바라볼지 정하는 게 제일 중요해요. 맥파이앤타이거는 차를 '일상을 탄탄하게 만드는 도구'라고 정의해요. 이 세상에 훨씬 더 비싸고 더 높은 등급의 차도 무수히 많아요. 맥파이앤타이거는 차를 일상의 관점에서 바라보고 친근하게 해석하고 통역하는 역할을 하고 있지요.

이 │ 비슷한 질문일 텐데요, 차를 즐겨 마시는 사람들은 모두 차분해 보여요. 이것 역시 차의 마법 중 하나일까요?

김 │ 어떻게 보면 맞는 것 같기도 하고요. 뭐라고 한마디로 표현하기는 어렵기도 하고요. 차는 내리는 과정도 향미도 섬세하다보니 그 미묘한 차이를 인지하는 분들이 사랑하는 음료예요. 차가 가진 성분도 한몫을 하고요. 녹차는 스님들이 명상할 때 주로 드시는 차예요. 각성을 돕는 카페인과 긴장을 완화하는 테아닌이 함께 들어 있어요. 그래서 정신은 또렷하게 깨어 있으면서도 마음은 부드럽게 가라앉는 독특한 균형을 만들어줍니다.

이 | 브랜드를 운영하면서 경영에 대해 많이 고민하셨을 텐데, 세미님이 깨달은 경영의 핵심은 무엇인가요? 질문이 추상적인데요, 성공적으로 경영하기 위해 중요한 것에 대해 이야기해주세요. 삶에 기준을 갖는 것? 리더십?

김 | 저희 팀은 '건강하게' 일한다는 규칙이 있어요. 우리의 방식이 일하는 구성원에게, 우리 팀과 회사에, 거래처와 차 도구를 만드는 작가님들에게, 업계에, 사회에 건강한 방식이어야 해요. 제가 생각하는 경영의 핵심이 여기에 있어요. 하나하나 쪼개보면 구성원에게 건강한 방식이라는 게 뭘까, 저희 나름대로 고민하고 정의해야 해요. 회사가 건강하게 일한다는 건 뭘까요? 저는 수익을 내고 자생할 수 있는 좋은 구조를 만드는 게 건강한 회사라고 생각해요. 이걸 만들기 위해 치열하게 노력했어요. 거래처와 작가님들에게 건강한 구조는 저희가 더 잘되는 거라고 정의했어요. 작은 규모는 언제나 비효율을 만들 수밖에 없더라고요. 정기적으로 더 많은 품목과 수량으로 발주를 늘려야 거래처에서도 자금과 인력의 계획을 세울 수 있다는 걸 배웠어요. 업계와 사회에 건강한 방식도 저희 나름대로 정의한 내용들이 있고요. 거창하게 이야기했지만 일단 망하지 않는 게 함께

일하는 우리 구성원들과 거래처, 그리고 저에게 중요해요. 그래서 저희 팀은 늘 위기이고 비상상황입니다.

이 | 세미님이 인스타그램과 블로그에 쓴 글들을 읽으면서 삶에 대한 이야기를 하고 계신가 아니면 브랜드 운영에 대한 이야기를 하고 계신가 헷갈릴 때가 있어요. 이 두 가지가 세미님에게 동일시되었나요?

김 | 저는 이 구분이 큰 의미가 없다고 생각해요. 이게 제 부족한 에너지를 효율적으로 사용할 수 있는 방법이더라고요. 브랜드 운영에 대한 방식 따로 제 삶에 대한 방식 따로 육아에 대한 방식 따로 정해야 하면 얼마나 복잡하고 피곤해요. 특히나 저희처럼 아직 스타트업의 입장에서는 개개인의 힘이 너무나 중요해서요, 일과 취미와 삶이 경계가 없어야 시너지를 낼 수 있어요. 개인의 성장이 팀과 브랜드의 성장이 되고 브랜드의 성장이 개인의 성장을 돕는 구조. 훨씬 괜찮지 않나요? 맥파이앤타이거 덕분에 제가 성장한 만큼 저도 성장으로 보답해야 하고요.

이 | 이런 질문은 유치하지만, T시죠…… 쓰신 글들을 읽

어보니 시스템, 유기적 흐름 등을 중요하게 여기는 듯해요. 회사를 움직이는 건 '체계'라고 생각하시나요? 제가 극 F라 여쭈어요. 더하여 이런 질문도 드리고 싶어요. 체계를 갖추려면 어떤 노력을 해야 할까요? 매뉴얼, 목표와 방향 등을 문서화하고 조직원들 모두가 숙지하는 것? 세미님이 목표와 방향을 정할 때 중요하게 생각하는 판단 기준은 무엇인가요?

김 | 이 질문 읽고 엄청 웃었어요. T인 거 티 나요……? 학부생 때 에리히 프롬의 『자유로부터의 도피』를 읽었는데요, 인간이 작동하기 더 좋은 구조는 어느 정도의 제한이 있는 상황이더라고요. 그냥 백지를 주고 그림 그려봐! 하는 것보다 적당한 가이드가 주어졌을 때 더 멋진 그림이 나온다는 게 신기하고 또 이해가 되기도 했어요. 한계 없는 자유에서 인간은 오히려 자유롭지 않다는 그 아이러니함이 재밌었어요. 비슷한 관점으로 회사와 브랜드, 구성원이 더 멋진 작업을 하기 위해서는 적절한 체계와 규칙이 필요하다고 생각하고요. 체계를 갖추기 위해 어떤 노력을 해야 하는지는 저도 늘 고민이에요. 주위에 조언도 많이 구하고요. 새로운 시스템을 도입해보고 우리 팀이랑 잘 맞는지 테스트도

해보고 있어요. 가장 좋은 방법은 기획—테스트—결과 확인—피드백, 이 사이클을 빠르게 돌리는 거예요. 피드백을 하면서 가장 많이 배워요. 우리가 체계가 부족했던 건지 소통이 부족했는지 기획 단계에서 매력이 부족했는지 늘 치열하게 고민하고 개선하려고 노력합니다. 제가 목표와 방향을 정할 때 중요하게 생각하는 판단 기준은 그 목표가 충분히 큰가, 그 방향이 우리 팀원들이 설레고 기대하는 방향인가, 정도예요. 개인적으로는 소소한 일상만으로도 만족하는 사람이라 대표로서는 다른 자아를 꺼내는 편입니다. 더 크게 꿈꾸고 더 좋은 성과를 만들기 위해서 어떤 도전이 필요할지 어떤 제한 사항을 골라야 할지 고민합니다.

이 | 새벽의 독서, 저녁의 공부, 차분한 마음, 절제하는 삶. 세미님을 생각하면 떠오르는 것들인데요, 재미있게 살고 계신 거죠? 일상에서 신나고 즐겁고 흥미로운 순간은 언제인가요?

김 | 이 질문을 보고 두번째로 깔깔 웃었어요. 저 너무 재미없게 사는 것처럼 보이죠? 저는 늘 잔잔하게 행복한 편이에요. 일상에서는 일하는 게 제일 신나고 즐겁고 흥미

로워요. 우리 팀원들이 보면 진절머리날 것 같은 답변이네요. 진짜 이상하겠지만 저는 이렇게 재밌으면서도 개인적으로 성장하고 배울 게 많은 일을 하면서 돈도 번다는 게 감사해요. 새로운 걸 시도할 때 시장 조사도 하고 강의도 듣고 자료 수집을 단기간에 집중해서 하는데요, 그걸 분석하고 정리해서 우리 팀에서 시도할 수 있는 우선순위 리스트를 만들고 하나하나 가설을 세워 검증해나가는 과정이 즐거워요. 결과가 좋으면 역시 내 생각이 맞았어!라고 큰소리칠 수 있고 결과가 안 좋으면 빠르게 다음 전략으로 넘어가고요. 고민의 깊이만큼 신나고 즐겁고 흥미롭습니다. 노파심에 말씀드리지만 신나고 즐겁고 흥미롭다고 괴롭지 않은 것은 또 아니랍니다.

이 | '주경야독클럽'은 남편분과 둘이 하시는 건가요? 매일 읽고 쓰는 것이 세미님께 왜 중요한가요?

김 | 제가 시작한 프로젝트고요! 저를 옆에서 지켜보고 있다가 좋은 것만 쏙쏙 골라 담는 남편이 어느 순간 따라 하기 시작했습니다. 남편은 이걸 '김세미낙수효과'라고 부르더라고요. 일본 기업인 이나모리 가즈오 회장의 책에서 "사람은

자신의 마음가짐에 어울리는 사건밖에 만나지 못한다"(고바야시 히데오)라는 문장을 읽고 사무쳤던 것 같아요. 제작은 그릇이 우리 팀과 브랜드와 회사의 성장에 누가 될까 걱정되는 마음에서 주경야독클럽을 시작했어요. 처음엔 조급함과 불안함이 컸는데 주경야독클럽을 하면서 스스로에 대한 믿음이나 자신이 조금씩 생겼어요. 남과 비교하지 않고 내 과거와 지금을 비교하는 연습을 하고 있는데요, 매일 읽고 쓰는 날들이 쌓이면서 제가 조금씩 성장하고 있더라고요. 속도가 느리고 배움이 짧으면 어때요. 저는 앞으로도 차곡차곡 쌓아갈 거고 계속할 거거든요.

이 │ 맥파이앤타이거를 보면 간결한 문장이 인상적이에요. 차를 설명하는 기존의 언어를 저는 너무 고리타분하다고 생각하거든요. 하지만 그건 그 나름 이유가 있을 거 같아요. 세미님은 어떻게 간결하고 명확하게 적거나 보여주어야 한다고 생각했나요? (사실 생각한다고 다 할 수 있는 건 아닌데 이 부분에 탁월한 능력을 갖고 계신 것 같아요!) 반면 남겨두거나 지켜야 할 고리타분한 점들은 어떤 게 있을까요? 차를 설명하거나 보여주는 방식, 언어뿐 아니라 포괄

적인 표현 수단 중에서요.

김 | 고민을 정말 많이 했어요. 저는 본질의 본질의 본질을 묻는 게 취미예요. 남편과도 진짜 그런가?에 대한 대화를 늘 하고요. 어떤 대상을 바라보고 표현하는 형식은 시대에 따라 달라질 수 있지만, 그 안에 변하지 않는 본질이 있다고 생각해요. 명절 제사는 이제 옛날 형식이 되었지만 사랑하고 그리워하는 마음은 변하지 않잖아요? 차를 표현할 때에도 사람들이 오랜 시간 이 음료를 즐겨왔던 이유가 있다고 생각했어요. 맥파이앤타이거는 그 이유를 '삶을 탄탄하게 만드는 도구, 사색의 도입부, 만남과 대화의 핑계, 아끼는 마음' 같은 단어로 표현하고요. 표현은 얼마든지 바꿔도 괜찮아요. 그 안에 담긴 본질을 찾는 노력은 게으르면 안 돼요.

이 | 저는 매일 라테를 마셔요. 차를 즐길 수 있다면 좋겠는데요, 음…… 아직 커피가 더 맛있어요. 차를 좋아하게 하는 마법도 있나요? 마시다보면 자연스럽게 차의 매력을 더 깨닫게 될까요?

김 | 차를 좋아하게 하는 마법이 있다면 저도 알고 싶어

요. 맥파이앤타이거를 하는 오 년 동안 차에 대해 이야기했더니 차에 관심 있는 분들이 주위에 늘어나고 있어요. 우성 님이 자연스럽게 차의 매력에 스며들도록 제가 더 가열하게 차를 사랑해보겠습니다. 사랑이 넘치면 퍼지지 않을까요?

이 | 그게 맥파이앤타이거가 존재해야 하는 이유일까요? 궁극적으로 왜 이 일을 하시나요?

김 | 제가 차를 마시고 더 건강해졌어요. 심리적으로도 신체적으로도요. 조금 더 단단한 사람이 되기도 했고요. IT 스타트업에서 커리어를 시작하면서 스스로를 몰아가는 방식으로 일하고 살아왔는데요, 덕분에 엄청나게 성장했지만 몸과 마음이 병들더라고요. 결국 위궤양에 걸리고서야 저를 돌아볼 수 있게 됐어요. 그때부터 차를 마시기 시작했고요. 저에게는 더 건강하고 탄탄한 삶을 위한 도구가 차였던 것처럼, 이 시대를 함께 살아가는 사람들에게도 차가 필요할 거라고 생각해요. 맥파이앤타이거도 결국 차를 통해서 사람들의 일상을 더 탄탄하게 만들기 위해 존재합니다.

에
세
이

내게 용기를 준 친구

이충걸(@leechoongkeol)

이충걸의 붉은 눈

이충걸은 『GQ KOREA』의 편집장이었습니다. 저는 에디터였고요. 저는 이충걸 편집장님에게서 글을 배웠습니다. 기사와 이미지를 조합해 레이아웃을 완성한 종이를 보통 '대지'라고 부르는데요, 대지를 편집장님께 들고 가면 빨간 펜으로 조사 하나 단어 하나까지 낱낱이 수정 사항을 표시해주었습니다. 아, 평범한 문장 하나에도 아니 받침 하나에도 우주가 담길 수 있구나. 그때 이충걸 편집장님에게 배웠습니다. 신기하게도 완벽하다고 확신한 원고도 그에게 가면 빈틈과 오류가 빨갛게 피어납니다. 저는 그 대지를 모니터 옆에 붙여두고 외우고 또 외우며 글 공부를 했습니다. 그러다보니 자연스럽게 문장의 확장 가능성에 대해 이해했습니다. 문장이 스스로 의미를 확산하는 것에 대해서요.

그런데 모든 편집장이 이렇게 하는 건 아닙니다. 왜냐하면 너무 힘들거든요. 그래서인지 편집장 십육 년 차가 되었을 때 그는 눈 수술을 했습니다. 이 년 동안 더 편집장을 하고 그는 은퇴했습니다. 지금은 소설을 씁니다. 그리고 자신의 글을 좋아하는 사람들에게 글쓰기를 가르칩니다. 『GQ』에디터들의 대지를 교정할 때처럼 여전히, 학생들의 글을 읽고 읽고 또 읽고 고칩니다. 그리고 수업 때 그걸 하나하나 설명해줍니다. 그는 매일 읽고 매일 씁니다. 눈이 아파서 제대로 떠지지 않을 때조차 읽고 씁니다. 그는 어렸을 때 용산구 도서관 다독 소년으로 선정되어 상장을 받은 적도 있습니다. 그는 글을 읽고 쓰는 걸 좋아하거나 싫어하는 것 같지 않습니다. 마치 읽기 위해 태어나고 쓰기 위해 태어난 사람 같습니다. 매일 이걸 반복하는 것만으로 그의 삶의 목적과 의미는 명확해집니다.

이 글을 쓰며 깨달았는데 저는 편집장님에게 글쓰기를 배웠다고 생각했으나—물론 그것도 배웠지만—매일 읽고 매일 쓰는 삶을 배운 것 같습니다.

6월 11일

시

시의 신이 떠나고
네번째로 쓴 시

시가 피어나는 나무는 없을까

사과 떨어지듯이

누워서 기다려?

떨어지는 시를 잡으면 시인이 된대

그럼 나는 시를 잡을까 떨어지는 꽃을 잡을까

꽃

은유를 잃어버렸거든

시는? 너무 많은 열등감

그런데 우성아 이미 시인이잖아

시인은 언제 끝나니 불법 주차된 차처럼 견인되면 좋겠
어 못 찾게

어제는 연민에 빠지면 안 된다는 문장을 적었어

그리고 그 아래 작게 썼지

웃기지 마 연민에 빠지려고 쓰는 거야

연민 연민이 이 자식

거실에 놓인 샌드백을 쳤다 살살

손 조심해야 되니까 시 쓰려면

그만두고 누워서 천장을 보는데 자꾸만 내가 입을 벌렸다

바보 사과가 떨어지면,

아파

2024년 3월 장충동의 한 카페에서
김마리(@mariekiiim) 디자이너와 인터뷰를 했습니다.
"북 디자인은 무엇을 할 수 있나요?"
그녀는 아름다운 책을 만드는 과정이 여행 같다고 말했습니다.

책을 잊고, 책을 다시 만드는 일
| 김마리 북 디자이너 |

○

"제가 우성님 책을 디자인하기로 되어 있어요. 출판사에서 연락받았어요." 2022년 가을 한 모임에서 그녀가 내 이름을 발견하고 말했다. 우리는 우연히 만났고 그 책은 아직 출간되지 않았다.

○

마리님은 2022년 봄에 '퍼머넌트 잉크'라는 북 디자인 회사를 차렸다. "그전엔 문학동네 출판사에 구 년 있었어요. 저는 직장 생활을 잘하는 사람이라고 생각했어요. 9 to 6에 최적화되어 있는 줄 알았죠. 그런데 시간이 지나면서 뭔가 답답하더라고요. 같은 장소에서 같은 작업을 반복하는 내가 보이기 시작한 거죠. 디자이너는 창작하는 사람인데 창작이 되지 않았어요."

 "책이 누구 거라고 생각해요?" 내가 물었다. "모르겠어요." 마리님이 대답했다. '모른다'는 의미가 아니었다. 우리는 같은 문제의식을 가지고 있다. 책이 '작가만의' 것은 아니다. "작업한 책 중에 마음에 드는 걸 골라볼래요?" 내가 물었다. "문학동네에 있을 때 작업한 책으로는 황현산 선생님이 번역한 로트레아몽의 『말도로르의 노래』요. 텍스트가 낯설고 난해해서 부담이 됐어요. 초현실주의 작품이거든요. 열심히 읽었는데 온전히 이해했는지 알 수 없었어요. 책 내용도 제대로 모르면서 디자인을 하면 안 되잖아요."

 이 책엔 마리님의 마음이 담겨 있다. 망설임, 하지만 집요한 의지, 난해한 세계에 대한. 나는 '김마리'라는 디자이너가 훌륭한 작업자라고 생각해왔다. 친구로 지내며 깨달은 감으로. 저런 사람은 작업을 잘할 수밖에 없어, 라는 추상적인 감. 나는 이 책을 보고 그 판단을 새삼 확인했으며 근거가 무엇인지도 알았다. 김마리는, 끝까지, 텍스트의 생물적 의지를 이해해보겠다는 욕망을 갖고 있다.

"책 커버의 이미지는 머리카락이에요. 이 책의 중요한 소재죠. 여러 논문, 프랑스와 일본에서 촬영한 영상 등 이 작품과 관련된 많은 자료를 보다가 문득 머릿속이 깨끗해지면서 떠올랐어요. 그래서 머리카락을, 그렸어요. 계속계속. 저는 요즘 이런 순간을 일부러 만들어요. 무아지경으로 정보를 흡수했다가 단순한 작업을 하면서 그것을 체화하는 시간. 그러면 그게 제 안에서 무엇인가 만들어서 손끝으로 나와요. 이 디자인 말고도 시안 두 개를 더 잡았고 개인적으로 다른 게 더 마음에 들었는데, 황현산 선생님이 이걸 고르셨대요. 저도 나쁘지 않았고요."

『말도로르의 노래』 커버를 보고 있으면 '노래'는 계속되고 영원히 끝나지 않을 것이라고 예감하게 된다. 이 커버는 분명히 텍스트와 연결되어 있다. 내 믿음으로는, 책이 완벽해지려면 커버의 '무엇'이 텍스트의 자장을 관통해야 한다. ('자장'이라는 단어와 '맥락'이라는 단어를 두고 고민했는데 일단 두 단어 다 온전하게 어울리지는 않고, 상대적으로 '자장'이 나은 것 같다.)

○

"파리로 여행을 가서 우연히 이브 생 로랑 뮤지엄에 갔어요. 이브 생 로랑이 일했던 공간이 재현된 곳을 둘러보며 그가 살아 있을 당시로 소환된 것 같았어요. 그리고 또 우연히 생로크 성당에서 무반주 성가 공연을 보았어요. 장엄한 성당 내부에 울려퍼지는 성가대의 목소리 덕분에 잊지 못할 밤을 보냈는데 알고 보니 이브 생 로랑의 장례식을 치른 성당이더라고요. 일 년이 지나고『나의 이브 생 로랑에게』를 디자인할 기회가 찾아왔어요. 이 책은 그래서 특별해요. 직접 체험한 것을 만들게 됐으니까요."

마리님은 프란츠 출판사에서 출간 예정이던『나의 이브 생 로랑에게』디자인을 의뢰받는다. 작고한 패션 디자이너 이브 생 로랑의 연인이자 친구인 피에르 베르제가 이브에게 쓴 편지를 모은 책이다. 2021년 한국에서 출간되었고, 김마리 디자이너의 대표 작품 중 하나라고 할 만하다.

특히 커버가 아름답다. 재질이 옷감 같다. '북바인딩 클로스'라는 종이이고, 이브 생 로랑의 사진을 감싸고 있다. 그래서 사진은 액자 안에 들어가 있는 것처럼 보인다. 벽에 기대만 두어도 기능적이다. 텍스트를 읽어야만 책을 경험하는 것은 아니다.

커버가 훌륭하게 디자인되었다면 그것이 담고 있는 '무엇'이 텍스트의 자장을 관통할 것이다. (역시 '자장'이 낫다. 책은 작가의 인식을 모아놓은 구체적 물체니까!) 또한 훌륭하게 쓰인 텍스트라면 커버, 더 나아가 책이라는 틀과 충돌하길 원할 것이다. 텍스트는 형체가 있지만 생각은 무형의 것이니까.

"표지 촉감, 종이 냄새, 본문의 여백, 페이지 번호의 서체까지 북 디자이너의 의도가 아닌 것은 없어요. 책을 읽는 순간은 텍스트만 받아들이는 것처럼 보이지만 사실 독서는 행동이에요. 독자가 종이를 넘기는 행위에서도 어떤 것을 느끼게 할지 고심하는 게 북 디자이너거든요. 이 책의 종이를 부드럽게 넘어가게 할 것인지 조금 더디게 넘어가게 할 것인지까지도요. 『나의 이브 생 로랑에게』의 경우 가운데가 가름끈으로 제본되었는데 '울트라마린 컬러'를 썼어요. 이브 생 로랑과 피에르 베르제의 별장이 있는 모로코 마라케시 마졸렌 정원의 외벽 색깔이 울트라마린이거든요. 피에르 베르제가 사망한 이브 생 로랑에게 쓴 편지의 중간을 가름하는 끈이 그 둘의 추억이 깃든 컬러이길 의도한 것이죠."

독서가 정말, 텍스트를 읽는 행위일까?

○

"마리님, 어제는 몇 시간 잤어요?" 만나면 매번 묻는다. "두 시간인가?" 그녀는 일을 사랑한다. "눈뜨면, 일하고 싶어요." 그녀는 책을 디자인할 때마다 책의 세계 안에서 산다. 텍스트의 파편을 모아 네모난 무엇을 조직하는 것이 아니라 이야기의 집을 만들고, 집이 날아가는 것을 본다. 마리님에게 책은 도형이 아니다.

"문학동네에서 일할 땐 종일 모니터 앞에 앉아 있었죠. 이렇게 해보고 저렇게 해보고, 계속해봐요. 지금은 그렇게 일하지 않아요. 오히려 달리기를 하거나 밖에 나가 사람들을 만나거나 그러는 사이 자연스럽게 무엇인가 완성되어가요. 가끔은 쉽게 아이디어가 찾아오는데 그건 종일 모니터를 보고 있을 때는 얻을 수 없던 것을 바깥에서 경험했기 때문이에요."

○

"그동안 디자인한 책을 모아 전시를 하세요." 하면 좋겠어요, 가 아니라, 하세요, 라고 내가 말했다. 누군가는 이런 걸 해야 한다. "해도 될까요?" 마리님이 말했다. "이렇게 멋진 작품을 만들었으면 해야죠!" 내가 대답했다. 그리고 속으로 말했다. '텍스트가 책의 전부가 아니라는 걸 보여주세요.'

독자는 변했고 시대도 변했다. 책은 변하지 않았다. 책이 작가의 글을 모아 담은 상자에 불과하다면 책의 힘은 멈출 것이다. 책을 잊고, 책을 다시 만드는 일. 나는 마리님에게, 또한 마리님 같은 비범한 디자이너에게 바라고 있다. 인류가 아직 이 고대 유물이 존재하기를 원한다면.

아직 출간되지 않은 미래의 내 책은 김마리가 디자인할 것이다. 적어도 그 책은 우리의 책이 될 것이다. 우연이 아니다.

6월 13일

시

안녕 애인

오빠 나를 위한 시 한 편 써줘

애인이 말했을 때 나는 거실 천장에 매달아둔 풍경이 흔들리는 것을 보고 있었다

바람도 불지 않는데

사람들은 섬이 외롭다고 하잖아 그런데 오빠랑 가면 재밌을 거 같아 언어로 마을을 만들자

애인은 종종 나보다 더 시인같이 말한다

시는 못 써줘

문학적 순간이 찾아와야 쓸 수 있어

나한텐 문학적 순간이 없다는 거야? 바보 시인 하지 마

그때 나는 섬이 외롭다고 생각했다 애인과 함께 있어도 섬은 외로울 것이다

우리는 섬에는 가지 않고

헤어졌다 시 한 편 써주지 못했는데

하지만 시는 그런 게 아니다

오빠 언어에는 빛이 담겨 있어 눈부시게 살아

눈물이 나는데 울지 않았다 그건 시인의 권능 같아서

그리고 나는 이제 시인이 아니다

안녕 애인 잘 있니 지금이라도 할말이 있어 사실은 나에게 없는 거야 문학적 순간

그리고 이건 너에게 쓰는 시야

나는 더이상 시인이 아니거든 하루에도 천 번은 시를 쓰지 않을 거라고 다짐해 내가 쓰는 건 시가 아니야

빛은 감정이 없을 것이다 빛은 공감도 하지 못할 것이다 그러니까 섬 같은 거실에 이렇게 꽉꽉 차 있지

눈이 부셔서 너무 슬펐다

인
터
뷰

2024년 5월 강남역의 한 카페에서
미술 크리에이터 이정우(@jjjw117)와 이야기를 나누었습니다.
"왜 다들 정우씨를 좋아하는 거죠?"
그녀는 미술의 평범한 오후에 대해 이야기하기 시작했습니다.

미술에 대해 쉽게 이야기해주고 싶었어요
| 이정우 미술 크리에이터·에디터 |

○

"미대에 진학했는데 재능 있는 친구들이 너무 많은 거예요. 자신이 없어졌어요." 이정우를 만났다. 여러 이야기를 했지만 특별히 저 부분만 골라서 적은 건 '자신이 없어'라는 고백이 다행이라고 느껴져서. 어느 날 인스타그램과 유튜브에 계속 '이정우'라는 사람이 보였다. 그래서 유심히 더 찾아보았더니 라디오에 출연해 미술 이야기를 하고, 또 여러 곳에서 강연도 하고 있다. 글도 쓴다. 책도 곧 출간되는 것 같고. 마치 미술을 둘러싼 모든 환경이 그녀를 원하는 것처럼 느껴졌다. 굉장히 뜨겁게.

"미술에 대해 쉽게 이야기해주고 싶었어요." 이정우가 말했다. '쉽게' 이야기하는 것이 중요하다. 이것은 시대의 요청이다. 고루하게 보이지 않는 연사가 필요하다. 역시 시대의 요청이다. 그래서 이정우의 등장은 그 자체로 '컨템퍼러리'하다. 'Contemporary' 한국어로 '동시대의' 작가와 작품에 대해 말할 때, 평론가들이 자주 쓰는 단어.

작가도 작품도 동시대의 언어를 가지고 있어야 한다고 똑똑한 사람들이 말한다. 현대미술의 시대에 들어와서 유독 중요하게 거론되는데 이유가 뭘까? 동시대의 언어를 갖기 어려운 시대여서? 그만큼 복잡한 시대여서? 물음표를 달았지만 나는 저렇게 생각한다. 부연하자면 사기꾼도 많아졌고 물건은 차고 넘치고 지구에서 미지의 지역은 현격히 줄었고…… (그리고 미술가들이 예전 것들을 반복하기도 하고 그 와중에 평론가들도 과거 언어를 답습하고…… 모두를 싸잡아 비판하는 건 오류이고 미안하지만.)

○

'널 위한 문화예술'이라는 채널이 있다. 이정우는 여기에서 일했다. 과거형이다. "에디터로 일하며 미술 콘텐츠를 만들었어요." 이 채널은 꽤 인기 있었다. 인스타그램 팔로워도 많았고, 유튜브 조회수도 높았다. 대한민국의 문화 예술 콘텐츠가 아홉시 뉴스 뒷부분에 편성된 전시 소개처럼 뻔하고 획일적일 때, 같은 정보를 다른 느낌으로 전달할 수 있다는 걸 '널 위한 문화예술'이 보여주었다. 이정우는 '널 위한 문화예술'에서 하던 일을 계속하고 있다. "그냥 계속 콘텐츠를 만들고 있어요." 그건 굉장한 행운이에요, 라고 말하고 싶었는데 하지 않았다. 그 말이 맞는지 확신이 서지 않았다. 틀린 말은 아니라고 생각하지만.

이정우는 오전 열시쯤 일어난다. 오전에는 일을 하지 않는다. 오후 한시쯤 강남역의 한 카페에 와서 종일 일을 한다. 밤 열시쯤 한 시간 동안 러닝을 하고, 집으로 돌아와 유튜브 영상을 찍거나 편집한다. 그녀의 삶은 단순하고 명확하다. "책 작업을 하느라 요즘은 거의 글만 쓰고 있어요. 라디오 대본을 쓰거나 유튜브 스크립트를 쓰는 것도 글쓰기니까 정말 많은 양의 글을 쓰는 거죠." 이정우가 말했다. 그녀는 지금 자신의 세계 안에 산다. 하고 있는 일에 집중하면서. 순수한 몰입. 아마 그녀의 세계는 견고해지고 확장될 것이다. 오로지 전념하는 것만으로 무엇을 거두거나 실패하거나 상관없이 빛나는 순간들.

"하지만 이제 글 쓰는 시간을 줄여보려고요. 제 안에 갇히는 느낌이 들어요. 그래서 트레바리 독서모임 클럽장을 하기로 했어요. 사람들을 만나서 이야기를 들어보려고요."

○

이정우에게 느끼는 내 감정을 말했다. "부러워요. 뭘 하든 사람들이 좋아하잖아요. 글을 써도 좋아해, 라디오방송에 나와도 좋아해, 유튜브도 좋아해, 강연도 좋아해. 당신이 미술에 대해 이야기하는 걸 이 시대가 좋아하잖아요. 그 덕분에 계속할 수 있는 거예요." 그리고 굳이, 나에게도 비슷한 때가 있었어요, 라고 말했다. 너무나 쓸모없는 이야기였고 사실도 아니다. 다행히 우리는 그 말에 머무르지 않았다. 일 초도. "유튜브 채널 설명에 이렇게 적어두었어요. 간결하고 가치 있는 예술 이야기." 미술이 예술의 모든 것은 아니어서 그 짧은 문장에 완전히 동의할 순 없지만 이정우가 지향하는 것이 무엇인지는 안다. 한편 따져 묻고 싶기도 했다.

"간결한 게 가치 있는 게 되어버렸어요. 예술이 가치 있는 게 아니고요." 내가 말했다. 이정우가 아리송한 표정을 지었다. "간결하게 말해주어야만 예술이 가치 있는 것이 된다고요. 사람들은 어려운 걸 알고 싶어하지 않고 관심도 없어요. 하지만 예술은 원래 어려운 거잖아요." 역시 내가 말했다. 예술이 어려운 것이라는, 정확하게 예술은 어려운 것이어야 한다는(예술은 어려워야만 하고 어려울 수밖에 없다!) 내 의견에 그녀가 동의하는지는 모르겠으나 그녀는 말했다. "맞아요, 저도 그 부분이 늘 고민이에요. 그래서 항상 신중하려고 해요."

우리 미술계는 비로소 간결하게 말하고 쓸 수 있는 연사를 갖게 되었다. 과대평가다. 하지만 과대하게 평가할 만큼 이정우의 존재는 새롭고 낯설다. 그러니 이정우가 한때 느꼈던 '자신이 없어'라는 감정이 나에게는 다행이라고 느껴지는 것이다. 하마터면 이 소중한 '선생님'이 미술가가 될 뻔했다고!

○

"최근엔 평론을 쓰고 있어요. 한 작가분이 전시를 준비하시는데 글을 써달라고 부탁하셨어요." 이정우가 말하고, 나는, 평론까진 쓰지 않아도 될 것 같다고 말했지만 귀담아듣는 것 같지 않았다. 나는 그녀가 권위자가 되지 않으면 좋겠다. 한편으로 전시장에 온 관객들은 이정우가 평론을 썼다는 사실에 놀랄 것이며 그녀가 뭐라고 썼는지 궁금해할 것이다. 이런 사람이 있었나? 그의 언어가 궁금해지는 사람.

"밤에 매일 한 시간씩 달려요. 느리게, 매우 느리게. 신기하죠, 달리기를 하면 오히려 힘이 생긴다는 게." 나도 매일 달려서 그 신기함을 안다. 나도 예전엔 매일 글을 썼는데 지금은 대신 달린다. 쓰지 못해서 달리는 것일 수도 있다고 가끔 생각한다. 글쓰기는 마음의 러닝이니까. 자신의 흔적을 스스로 좇아가는. 나는, 너무나 오랫동안 나에게 다가가지 못하고 있다. 이정우를 보며 부러워하는 건, 그래서다. 지금의 나는 내가 아닌 것 같다.

그녀는 쓰고도 달린다. 그녀가 도달하고자 하는 곳은 멀고, 그녀는 기꺼이 거기에 간다. 그녀와 그녀 안의 그녀가 같다. 나는 웃으며 말했다. "다음에 우리 러닝 크루에 오세요." "제가 느려서 뒤처질 거예요." (하지만 당신은 먼 곳에서 그렇게 먼 곳을 보고 있잖아요. 나는 한 걸음 앞도 못 보면서 망설임조차 없어요!)

그녀는 혼자 달린다. 사실 나는 지금은 그게 맞다고 생각한다. 그녀는 지금, 혼자서, 해야 할 일을 해야 한다. 그녀가 할 수 있는 엄청난 일이 있기 때문이다. "근데 혹시 언제 모여요?" "토요일 아침 여덟시요." "아, 저는 잘 시간이에요. 열 시까지는 자야 해요."

그래야만 한다. 대한민국의 미술을 위해. 나는 그녀가 그녀 안에서 이룩할 거대한 미래를 떠올렸다. 과대평가다.

에
세
이

내게 용기를 준 친구

김정민(@jpedrito_kim)

정민이는 숲에 있고,
거기 잘 있고

정민이는 서울대를 졸업하고 꽤 알려진 기업의 인사팀에서 일했다. 몇 년 전 겨울, 같이 동네에서 달리기를 하고 순댓국을 먹다가 내가 물었다. "고등학교 다닐 때 1등만 했어?" 공깃밥 은색 뚜껑을 열며 정민이가 대답했다. "네, 뭐, 2등 하고 3등 할 때도 있었지만, 1등을 주로 했죠."

그럴 거라고 추측했지만 직접 그 말을 들으니 놀랍고, 한편 이렇게 똑똑한 사람이 동네 동생이라는 게 신기하기도 했다. 나는 한 번도…… 1등을…… 못…… "어떻게 고등학교 삼 년 동안 계속 반에서 1~2등할 수 있지?" 혼잣말처럼 말하자 정민이도 혼잣말처럼 대답했다. "형, 전교에서요……" 짜증나서 웃었다. 우리 동네 순댓국은 너무 맛있고.

어느 날 정민이는 회사를 그만두었다. 더 큰 기업에 가려나? 그런데 꽃 도매 업체에 취직했다. 나는 남들이 정민이에게 너무나 많이 했을 말을 하지 않기 위해 인내력을 발휘해야 했다. 이를테면, 서울대 나와서 회사 잘 다니다가 갑자기 왜 꽃 시장……? 꽃 속에서 일하는 정민이는 행복해 보였다. 그거면 된 거지. 그거면 된 걸까?

꽃 도매 업체 내부 문제로 정민이가 퇴사했을 때 나는 정민이가 자신과 어울리는 환경으로 돌아가길 바랐다. '어울리는 환경'을 누가 무슨 기준으로 정하는 걸까. 나 스스로에게 물었다…… 모르겠다…… 이건 정말 모르겠다. 내가 이상한 걸까.

정민이가 선택한 다음 직업은 '숲 해설가'다. 왜? 속으로만 말했다. 정민이에게는 좋은 결정을 했다고 말했다. 응원해주고 싶어서 그냥 한 말이다. 스스로 원했으니 좋은 결정이 맞겠지. 얼마 전 정민이가 숲 해설가 동료들과 내가 일하는 식당에 왔다. 정민이가 제일 어렸다. "은퇴하신 분들이 삶의 제2막으로 선택하는 경우가 많으시죠." 정민이는 서른세 살이다.

나는 정민이를 판단하는 것을 멈추었다. 이 글을 쓰며 정민이에게 메시지를 보내 궁금한 걸 물었다. 정민이는 대답했다. "형, 저는 은퇴하면 인자한 꽃집 할아버지가 되고 싶었어요. 어릴 때 자연 속에서 살았고 그때의 기억이 아름다워서 언제나 자연으로 돌아가고 싶었어요. 꽃 도매상에서 일할 때 상품으로 꽃을 다루는 산업이 폐기물과 플라스틱 처리 문제, 기후 위기를 오히려 가중시키는 방향으로 작동하고 있다는 걸 알게 되었어요. 지금은 숲 해설가를 하면서 더 적극적으로 '인자한 자연 애호가' '생물다양성 지지자'로서 살아보려고 하고 있어요. 물론 '나 혼자 밥 먹고 사는 건 괜찮아, 덜 먹고 덜 쓰면 되니까' 생각하면서도 '가정이 생기면?'이라고 자문하고⋯⋯ 흔들립니다. 마찬가지로 패권 국가 대통령의 기후변화 협정 탈퇴 선언을 보며 나는 찻잔 속의 태풍을 얘기하고 있나 좌절할 때도 있어요. 그럴 때면 내 철학이 이렇게 얕나 한심하게 느끼기도 하구요."

나는 답장을 보내지 못했다. 그의 카카오톡 메시지를 꾹 눌러 하트를 새기는 게 할 수 있는 최선이었다. 정민이는 자신과 '어울리는 환경' 속에 있다. 그는 자신이 우주의 소중한 일부이며 동시에 책임을 지닌 단독자라는 사실을 잊지 않고 있다. 다만 내가 그에 대해 말하고 싶은 것은 그러한 '인식'이 아니다. "형, 은퇴하고 할 일이라면 지금 해봐도 되지 않을까, 생각했어요." 정민이의 또다른 메시지를 읽고 또 읽으며 나는 어디에 있지? 궁금해졌다. 잘 있는 걸까?

정민이는 숲에 있고, 거기 잘 있고. 나는 내가 어디 있는지 모르고, 거기 잘 있는지도 모르고. 내 삶이 부끄럽거나 후회스럽지는 않은데 모르는 건 확실하다.

6월 16일

시

어쩌면 시의 신이 되고
처음 쓴 시

명상을 하는데 시의 신이 찾아왔다

반가워서 발목을 꽉 잡았다

우리 구면 아닙니까 부탁 하나만 합시다

시의 신은 웃었다

한 편만 쓰게 해줘요 좋은 시요

이번이 정말 마지막입니다

시의 신은 웃었다

아니 이거 봐요 내 친구들 후배들 선배들 다 좋은 시 쓰게
해줬잖아요 나한테도 뭣 좀 줘요

시의 신은 비웃었다 그리고 사라졌다

이럴 거면 왜 왔을까

이럴 거면 왜 시인이 됐을까 혼자선 시 한 편 못 쓰면서

눈을 뜨고 거실 창 너머를 봤다 괜찮잖아 나 하나쯤 못
써도

안 괜찮아 어 알아 창에 비친 나를 보며 말했다 잘생기면
뭐해

정말 좋아합니다 이번엔 거짓이 아니라고요

이제 시의 신을 원망하지 않을 거야 그냥 내가 신이 될
거야

시의 신

이 시는 내가 시의 신이 되고 처음 쓴 시가 될 것이다

노트를 들고 앉았다 시를 쓰기 시작했다, 고 적으려면 시
가 써져야 하는데 한 문장도 떠오르지 않았다

쳇

인
터
뷰

2024년 6월 윤성중(@acrosstheyooniverse)에게
카카오톡으로 질문을 적어 보냈습니다.
"밤늦었으니까 천천히 생각해보고
내일이나 모레 간단히 답변 줘."
이십육 분 후, 그가 긴 답변을 적어 보냈습니다.

그의 네모난 안경테가 내 가슴에 들어왔다
| 윤성중 월간 『산』기자 |

○

성중이를 처음 만났을 때 안경을 바꾸라고 했다. 촌스러워서. "동그란 안경을 써." (정신 나간 이우성, 본인 스타일이나 신경쓸 일이지.) "흐흐, 네." 바꿀 줄 알았는데 그 안경을 여전히 쓰고 있다. 멋쩍게 웃으며 알겠다고는 하지만 결국 하고 싶은 대로 하는 놈.

나는 성중이를 『러너스월드』기자로 뽑았다. 결혼을 앞두고 있었고 전 직장은 그만둔 상태였다. 안 뽑을 수가 없지. 직장도 없이 결혼할 순 없잖아. 뽑아놓고 보니 글을 잘 썼고 놀랍게도 그림도 그릴 줄 알았다. 글이랑 그림이랑 다 제멋대로였다. 그건 아주 조금은 내가 원하는 바였다.

나는 성중이를 혹독하게 가르쳤다. 지금 생각하면 말도 안 되게 오만했던 거지. 누굴 가르칠 능력 같은 게 없는데. 그땐 그랬다. 칠 년 전. 내 역할이 편집장이었으니까. 물론 그림에 대해선 지금도 그때도 좋다고만 말한다. 글은, 이렇게 저렇게 고쳐봐, 이야기했다. 성중이 글은 종잡을 수 없다는 점에서 흥미로웠지만 빈틈이 꽤 있었다. 느낌으로 적자면 너무 큰 단어를 맥락 없이 써놓고 추앙을 해버린달까, 논리도 없이. 글 쓴 사람이 자기 언어의 세계에서 사랑에 빠진다. 그런데 어느 순간 나는 그 사랑을 이해하고 인정하게 되었다. 저건 성중이가 빛나는 지점이야, 그 빛을 왜 꺼야 해?

우리는 이 년을 일했다.

가끔 윤성중이 (아, 성이 '윤'이다) "편집장님, 이런 기획을 해보면 어떨까요? 이걸 이렇게 해서 이렇게 한 다음에 저렇게 해서 합친 다음에 보여주면 재밌을 거 같은데요"라고 아이디어를 말한다. 나는 열 번 중 일곱 번은 "응, 하지 마!"라고 대답했다. 여기서 중요한 건 세 번 정도는 하라고 했다는 것이다. 황당한 말을 경청해주었을 뿐 아니라 무려 세 번이나 원하는 대로 해볼 기회를 주었다고! 다른 편집장이라면 열 번 다 못하게 했을 게 분명하다. 내가 판단할 때 성중이의 상상은 현실적이지 않았다. 하지만 나도 현실주의자는 아니었다. 그래서 나는, 성중이가 이해되었다. 열 번 중 딱 세 번만.

○

"형, 저는 그림을 그리지만 그림을 잘 그리진 않아요. 그리는 게 좋고 재밌어서 그리고는 있는데 이런 것도 그림이라고 할 수 있을까요?" 성중이는 늘 이렇게 말한다. 그때마다 나는 한숨 쉬며 대답한다. "어, 네가 천재인 걸 너만 몰라. 아니, 너 말고도 지구인 모두가 몰라. 나만 알아." 아마 앞으로도 그럴 것이다. 사람들이 성중이에게 관심이 없으니 딱히 눈여겨보지 않을 거고, 본다고 한들 천재라는 걸 모를 거고, 저런 그림은 나도 그릴 수 있어, 생각할 것이다.

하지만 그림이 그림의 모든 것이 아니다. 성중이는 대상을 보고 자기 이야기를 발견한다. 예를 들어 성중이는 산과 구름을 그릴 수 없다. 그것이 성중이의 산, 성중이의 구름이 되지 않으면. 성중이 그림엔 늘 못생긴 성중이가 등장한다. 외모 비하 아니고 성중이는 성중이를 (거짓으로) 잘생기게 그릴 능력이 없다. 성중이가 가진 자신의 이야기, 그 간결하고 당황스러운 사고가 내가 믿는 천재성이다. 사람들은 성중이 그림을 보고 산과 구름에 집중하겠지만 성중이가 그린 건 자신의 이야기다. 그러니까 산과 구름을 (그리고 자신을) 잘 그리는 건 성중이에게 의미가 없다. 성중이가 그림을 (일부러) 너무 못 그리고 그림을 잘 그리는 거에 관심도 없어서 사람들은 그림을 그림으로 판단해버린다. 그림이 그 자체로 언어라는 사실을 잊는다.

눈 오는 초봄 '아직 안 갔다, 동장군'이란 생각을 하며 구름 위에 정말로 장군을 그려넣는다. 그런데 장군이 구름을 타고 있다고는 볼 수 없다. 장군은 그저 거기 있을 뿐이다. 산을 좋아해서 산이랑 걸어서 놀러가는 모습을 그린다. 산이 이렇게 생겼어? 갸웃하지만 만약 산이 친구라면 그렇게 생겼을 것 같다. 묘한 납득. 성중이에겐 산을 오르는 게 산이랑 같이 놀러가는 느낌일까?

성중이는 생명이 없는 것을 살아 있는 것으로 만들고, 손을 그려넣는다. 악수할 수 있게. 입을 그리고 노래를 그린다. 소리를 그린 것도 아닌데 소리가 들린다. 이건 상상력 같은 게 아니다. 성중이는 정말로 그렇게 그린 대로 산다. 대부분은 성중이처럼 생각하지 않고 성중이처럼 살지 않는다. 이 문장은 이상하다. 누구처럼 생각하고 누구처럼 살 필요가 없으니까. 성중이는 '생각하고' '산다' 수식어를 넣어야 하는데 맞는 게 없다. 저 문장 저대로 놓고 궁리해보니 저렇게 저대로 괜찮은 것 같다. 생각이 생각하는 대로 삶이 살아가는 대로 그저 그걸 그리고 쓰기.

다른 사람들이 하지 않거나 못하는 걸 하는 사람이 천재 아냐? 아닌가? 앞으로도 그럴 것이다. 성중이가 천재인 걸 계속, 모를 것이다. 하지만 이 글을 읽고 있을 성중아, 신경 쓰지 마. 이미 너는 행운아니까. 하고 싶은 걸 하고 싶은 대로 하고 있잖아. 그리고 이 글을 적으며 느낀 건데 너 어차피 신경 안 쓰잖아. 다른 사람들이 관심을 갖든 안 갖든. 아, 그러네. 왜 내가 신경을 쓴 거지?

○

　　내가 『러너스월드』 편집장을 그만둘 때, 성중이 말했다. "이제 혀엉이라고 불러도 돼요?" "안돼! 형이라고 불러." "흐흐 네에." 사실 나는 엄청 재밌는 사람인데 성중이랑 있으면 재미없는 말을 하게 된다. 그래도 웃으니까.

　　성중이는 지금 『산』이라는 잡지사에 다닌다. 기자로 일한다. "형, 요즘도 명상하시죠? 저랑 산에 가서 명상하실래요? 명상하는 법 좀 알려주세요." 이 년 전쯤 전화해서 뜬금없이 이렇게 말해서 같이 산에 갔다. 밤에. 도시가 내려다보이는 곳에 앉아 눈을 감고 있었다. 모기가 다리를 일곱 방이나 물었다. "뭐, 별거 없어. 눈을 감고 있어, 그냥. 바람이 볼을 만지고 가는 걸 느껴봐. 밤의 산이 호흡하는 걸 듣고 어둠이 조심스럽게 내려와서 손가락에 앉으면 그 무게를 가늠해봐." 성중이가 그렇게 했는지는 모르겠다. 십 분이 지났다. "네? 벌써 십 분이 지났다고요? 형, 부처님이 이마 앞에 다녀간 거 같아요. 처음이에요, 이런 기분."

　　성중이는 그 밤의 경험을 기사로 썼다. 그림도 그렸다. 정말로 부처님을 그렸다. 그런데 이게 『산』이랑 무슨 상관이지?

○

"훌륭한 사람들에 대해 쓰고 있어. 내 기준에 훌륭한 사람 말이야. 뉴스에 나오는 사람들 말고." 성중이에게 전화를 걸어 말했다. "와 엄청나겠네요." 성중이가 대답하고 이어서 내가 또 말했다. "너에 대해서도 쓰고 있어." 전화를 끊고 그 순간 떠오른 질문들을 적어 보냈다.

이우성(이하 이) | 하고 싶은 일을 하고 살고 있니?

윤성중(이하 윤) | 네. 어떤 회사가 좋은 회사인가? 고민을 무척 많이 했어요. 출근할 때 한숨이 안 나오는 회사, 월요일에도 아무 부담없이 출근하는 회사, 가끔 월요일 출근이 기다려지는 회사. 이런 회사가 저에게 좋은 회사라고 결론 냈어요. 저는 지금 그런 회사에 다녀요. 이 회사에서 제가 하는 일은 산에 갔다 와서 어땠는지 감상문을 쓰는 거예요. 산 근처에 맛있는 집이 어디더라 이 산에 갈 때 쓴 장비가 뭐였다 등등 세상 사는 데 별 쓸모없는 이야기들을 잔뜩 늘

어놓죠. 처음에 이 일을 할 땐 재미없었어요. 나이가 들어서 그런가? 산에 가는 게 즐거워졌어요. 그 안에서 '자유' '해방'이라는 개념도 어렴풋이 느끼고요. 일하면서 이런 걸 느낄 수 있는 곳이 얼마나 될까요? 내 직업이 세상에 얼마 없는 희소성을 지녔다는 점도 마음에 들어요. 산에 갈 때 수첩을 꺼내서 뭔가를 적는 내 모습, 내가 봐도 멋지다고 생각해요. 저는 지금 제가 하고 싶은 일을 하고 있어요.

이 ┃ 너에게 하고 싶은 일이란 뭘까?

윤 ┃ 제가 하고 싶은 건 '만드는 일'이에요. 사진과 글, 그림을 조합해서 벽돌처럼 쌓는 일이요. 벽돌을 쌓아서 멋진 대피소를 만들거나 집을 지을 거예요. 제가 좋아하는 걸로 가득찬 집이요. 그 집에 사람들을 초대해서 자랑할 거예요. "이거 어때?"라면서요. 사람들은 이럴 거예요. "와 근사하다. 나 이거 하나 줘"라고요. 그러면 저는 이렇게 말할 거예요. "그래, 너 가져!" 이 집은 명소가 될 거예요. 저는 좀더 높은 곳에 자리잡고 앉아서 즐거워하는 사람들을 바라볼 거예요. 그런 제 마음도 아주 많이 흡족할 거예요.

이 | 어떤 그림을 그리고 싶니?

윤 | 제 마음이 온전히 투영된 그림이라고 할까요? 사실 그런 그림들은 지금도 그리고 있어요. 가끔 제가 그린 그림을 보면서 놀랄 때가 있어요. 우와 내가 이런 그림을 그렸다니! 난 천재야! 지금도 만족하지만 더 구체적으로 얘기하면 큰 캔버스에 물감으로 그리고 싶어요. 지금 그림체 그대로요. 아, 생각만 해도 눈이 번쩍 뜨이네요. 하면 되지 않니?라고 말할지 모르겠어요. 글쎄 아직 용기가 안 난다고 해야 할까요? 누군가 그랬어요. 크게 그림을 그리는 건 마라톤 풀코스에 나갈 준비를 하는 것과 같다고. 맞아요! 저는 할 수 있어요. 하지만 뭣 때문인지 망설이고 있어요.

이 | 어떤 글을 쓰고 싶니?

윤 | 웃긴 글을 쓰고 싶어요. 푸하하 웃기는 게 아니라 피식피식 소리가 나오는 글이요. 교훈을 주거나 감동을 느끼게 하거나 통찰하게 하는 글은 질려요. 가벼웠으면 좋겠어요. 제가 술을 잘 마셨으면 좋겠어요. 술 먹고 주정 부린 걸 글로 쓰면 정말 재미있을 것 같아요. 술을 마시면 고꾸라져 잠드는 저는 그럴 수 없어 매우 안타까워요.

이 | 무엇인가를 잘하기 위해 무엇을 하니?

윤 | 달리기를 해요. 트레일러닝을 해요. 얼마 전 긴 코스의 산행을 갔어요. 하나도 안 힘들었어요. 그전부터 훈련을 해서 그랬어요. 기분이 굉장히 좋았어요. 좋아진 체력 덕분에 그전엔 보지 못했던 세계를 목격한 것 같았어요. 회사 선배가 어느 날 물었어요. "성중아 너 왜 이렇게 달리니?" 저는 이렇게 말하려고 했어요. "왜 달리냐고요? 체력을 키워야죠. 기자는 보고 들은 걸 쓰는 사람이에요. 등산 잡지 기자는 거기서 한 단계 더 나아가야 해요. 보고 듣고 경험한 걸 쓰는 거죠. 경험을 하려면 체력에 한계를 두면 안 돼요. 체력을 키워서 더 많은 걸 경험하면 글 쓸 게 더 많을 거예요!"라고 말하면서 흥분하려던 찰나에 선배는 화장실에 갔어요. 그는 끝내 제 얘기를 못 들었어요. 아쉬웠어요.

○

그녀의 자전거가 내 가슴에 들어왔다, 라는 광고 카피가 있었다. 어이없게도 종종 성중이가 이 문장과 겹친다. 이를테면 이렇게. 그의 네모난 안경테가 내 가슴에 들어왔다.

그는 여전히 동그란 안경을 쓰지 않지만 내 마음속에 윤성중이라는 동그란 형태의 온기가 자리잡고 있다고 느낀다. 우린 자주 만나지 않고 연락도 잘 하지 않는다. 뭐……남자 둘이 따뜻한 관계라고 할 만한 게 있을 것도 없다. 심지어 둘 다, 술도 마시지 않는다.

어쩌면 나는 성중이에게서 내가 갖고 싶었던 나의 모습, 그러나 갖지 못한 모습을 발견한 건 아닐까. 그러니까 성중이를 응원하는 건 나를 응원하는 걸 수도. 그 모습은 아마도 이걸 거다. 매일매일 반짝반짝 빛나는 생각들. 줄여서, 빛.

성중이는 빛이 난다. 역시, 여전히, 아무도 그 빛을 보지 못하지만 나는 보고 있다. 그건 나의 자부심, 나의 영예다.

6월 18일

에
세
이

내게 용기를 준 친구

박준(@joon1015)

박준 알아요

"형, 박준 시인 알아요?"

이 질문을 종종 받는다. 사실 꽤 자주. 오죽하면 "왜 이우성 시인 아냐곤 안 물어봐?" 따지듯 말한 적도 있다. 그러면 그들은 대답한다. "아는데 왜 물어요?" 썰렁한 농담 아니고 그냥 그랬다고.

준이에 대해 잊히지 '않는' 기억이 있다. 십오 년 전인가? 연남동 라멘집에서 점심을 먹다가 우연히 마주쳤는데 준이가 "형 다음달에 시집 나온다면서요?"라고 물었다. 준이가 나보다 일 년 먼저 등단했기 때문에 조심스럽게 "준아, 넌 언제 나와" 되물었다. 그때 준이 쓸쓸한 얼굴로 대답했다. "아,

모르겠어요. 살아 있는 동안 시집이 나올 수나 있을까요?"

"에이, 무슨 소리야 준아, 네 시집도 곧 나올 거야."

이 말을, 그냥 나 혼자서 두고두고 잊지 않고 있다. 부끄러우라고, 나 자신.

그후 준이 삶이 어떻게 바뀌었는지는 굳이 적지 않아도 이 책을 읽는 독자들이라면 알 거다. '삶'이 변했다는 게 올바른지 모르겠는데 뭐, 틀린 말은 아니지.

그러니까 질문으로 돌아가면, 준이를 안다. 어울려 놀기도 했고. 엄청나게 많은 사람이 준이 시를 좋아하는 모습을 보며 준이 부모님, 우리가 함께 아는 시인 누나 한 명을 제외하고는 내가 가장 기뻐했을 거다. 준이는 내가 등단하고 처음 문단 모임에 나갔을 때 가장 먼저 '형'이라고 불러준 시인이다.

가끔 시인 친구들을 만나면 슬쩍 묻는다. "준이 요즘 뭐해?" 궁금해서 묻지만 다른 사람의 언어로 준이 근황을 알고 싶진 않아서 관심이 많은 건 아니라는 표정을 짓는다. 물어보는 것 자체로 준이를 응원하고 있다는 느낌을 받을 뿐이다. 응원? 내가 형이니까!

시를 계속 쓰는 게 의미가 있을까 생각한다. 예전엔 작품 청탁이 많았고 시인이 되었으니 시를 쓰는 게 당연했다. 유명한 시인이 되고 싶다는 바람도 있었다. 등단한 지 한참 지났지만 나는 유명한 시인이 되지 않았고 등단을 했다는 걸 종종 잊고 이제 작품 청탁도 들어오지 않는다.

그런데 왜 시를 쓸까? 계속 쓰고는 있는데 내 의지라기보다 쓰고 있어서 쓰는 느낌이랄까. 이 느낌으로 계속 시를 쓰는 게 맞나 모르겠다. 어찌됐건 쓰고는 있다. 왜일까? 거듭 생각하다가 문득 한 풍경이 떠올랐는데 그후론 같은 질문을 할 때마다 그 풍경이 떠오른다.

쓸쓸한 표정을 짓던 십오 년 전 준이. 어느 시골 정류장 벤치에 앉아 노트에 뭔가 적고 있는 풍경. 그 쓸쓸한 생에 시가 위로가 되는. 계속 쓰는 건 어쩌면 연결되어 있다고 믿기 때문일까? 한때의 나와 지금의 나, 그때의 동료들과 지금의 동료들.

한 시절의 추억이 시 안에 있고 거기 우리의 미래도 있을 것 같아서? 어쩌면 내가 아는 건 지금의 준이가 아니라 그때의 준이일까?

인

터

뷰

2023년 9월 논현동 카페에서
PAP MAGAZINE의 발행인 강동민(@kangdm)과 인터뷰를 했습니다.
"그런데 이름이 왜 PAP야?"
그는 이탈리아어로 '포스트모던 예술을 위하여'라고
황당하고 아름답게 발음해주었습니다.

포스트모던 예술을 위하여
| 강동민 PAP MAGAZINE 대표 |

○

이 글은 동민이의 성공담이 아니다.

어느 날 동민이가 밀라노에 공부를 하러 간다고 했다. 패션 스타일링을 전공하고 싶다고. 동민이 옷차림을 일 초만 봐도 누구나 고개를 끄덕일 것이다. 그래, 네가 가야지, 밀라노. 그렇지만 이별은 아쉬운 법이다. 꼭 가야 돼? 의미 없이 물었다. 꼭 가야 하니까, 가겠지. 그때 동민이 나이가 이십대 후반이었으니 꽤 큰 도전이었던 셈이다.

2017년 여름, 화보 촬영을 하러 밀라노에 갔다. 미리 동민이에게 연락했다. 코디네이터를 해달라고. 촬영 장소 컨

디선도 알아봐주고 호텔이랑 식당도 알려주고 통역도 해주는 역할이다. 해외 촬영갈 땐 늘 현지 코디네이터를 섭외한다. 만나기로 한 장소에서 동민이를 찾았……다기보다 저 멀리 눈에 띄는 사람이 있었다. 동민이었다. 여전히 독특한 룩(옷차림을 '룩'이라고 표현한다. 업계 용어다). 서울의 동민이보다 밀라노의 동민이가 훨씬 아방가르드해서 신기하고 재미있었다.

아방가르드. 실험적이다, 정도로 설명할 수 있다. 일반인이 볼 때 난해한 옷차림. 이 묘하게 우아한 단어는 동민이 삶을 축약한 상징 같다. '룩' 이야기를 이어서 하자면 일반적으로는 유럽 사람들이 한국 사람들보다 룩이 자유로운데 밀라노 시내 한가운데 가장 눈에 띄는 사람이, 소위 말해 가장 아방가르드해 보이는 사람이 대한민국 청년 강동민이어서 나는 우월감을 느꼈다. 역시 동민이. 내 첫마디가 이거였던 것 같다.

동민이 덕분에 촬영을 잘 마치고 귀국했다. 이 년 정도 지나고 동민이가 서울의 내 사무실로 찾아왔다. 상의할 게 있다며. 그게 뭐냐면, 역시 아주 아방가르드한 건데!

○

"형, 제가 인스타 계정을 하나 만들었는데요, 갑자기 엄청 커졌어요." 그게 'PAP MAGAZINE'이다. 팔로워가 사만 정도였다. 지금은 이십육만이 넘는다. "대단한 걸 하려고 했던 건 아니고 물론 그럴 능력도 없었지만 그냥 제가 좋아하는 비주얼 작업을 모아두는 계정을 만들고 싶었어요. 학교 졸업했으니 일을 해야 하는데…… 기회가 없었어요. 이렇게라도 저를 알려볼까 하는 마음이었죠. 그러다가 어느 날 DM을 받았어요. 포토그래퍼였는데, 자기 작업을 PAP에 올려줄 수 있냐고. 시간이 지나면서 그런 요청이 많아졌어요."

거듭 강조하지만 이 글은 동민이의 성공담이 아니다.

"그런데 형, 이게 갑자기 커지니까 제가 뭘 어떻게 해야 하는 건지 모르겠어요." 그때 나는 말했다. "뭘 하지 마. 계정 스스로 컸으니 앞으로 어떻게 자랄지 지켜봐. 자연스럽게 하게 되는 일들이 있다면 그걸 해."

PAP MAGAZINE은 다양한 창작자들의 패션 비주얼을 소개하는 매체가 되었다. 창작자들이 메일로 작업물을 보내면 동민이가 검토하고 매거진과 결이 맞는 것들을 업로드한다. 독점 에디토리얼 콘텐츠도 생겼다. "창작자들이 저희에게 PAP에 실릴 작업을 제작하고 싶다고 문의하면 저희가 이번 시즌 주제를 알려줘요. 그러면 그들이 시안을 작성하고 저희에게 보냅니다. 저희는 그 시안에 대해 수정 및 검토할 사항을 알려주고 브랜드와 모델 등을 컨펌합니다. 그렇게 만들어진 에디토리얼을 PAP 독점 에디토리얼로 발행하고요!"

동민이는 유명 패션 브랜드의 컬렉션 쇼에 초대받는 에디터가 되었다. 처음엔 이 계정을 아시아에서 온 청년이 운영한다는 걸 아무도 몰랐다. ('청년'이라는 단어가 세련된 동민이와 안 어울리지만, 아무튼!) 너무나 아방가르드한 서구적 감성이어서. 부연하자면 직설적이고 원색적인……아, 이런 걸로는 온전히 설명이 안 되고 에디터들이 흔히 말하는 '센' 비주얼. 젊고 선명하고 주위를 의식하지 않는.

PAP MAGAZINE의 기반은 유럽이다. 실험적인 비주얼을 좋아하고 만들고 싶어하는 사람들이 이 계정을 본다. 사실 이런 이미지들은 유럽에서도 주류라고 볼 수 없다. '아방가르드'는 영원히 미래니까. 하지만 새로운 비주얼에 대한 열망은 분명히 존재한다.

"PAP MAGAZINE은 유럽에서도 이삼십대 특히 이십대에게 많이 알려져 있어요. 젊을수록 실험적이면서도 불완전한 작업물에 관심을 갖는 것 같아요. 저는 사실, 대중적인 관점에서는 PAP MAGAZINE이 성공했다고 생각하지 않아요. 하지만 패션 에디토리얼을 예술적 관점에서 바라보는 사람들은 대부분 알고 있는 매거진이죠. 당장 주류가 되어 모든 사람과 정보를 나누기보다는, 같은 철학을 가지고 있는 사람들과 생각을 공유하는 게 제가 가고자 하는 방향이에요. 시간이 지나 사람들의 인식이 변하고, 비주류였던 것들을 주류로 받아들일 때쯤이면 PAP도 대중적인 매거진이 되지 않을까요? 현재의 펑크 문화가 그렇게 된 것처럼요."

당대 문화 흐름 속에서 변별력을 만들어내는 사람, 자신이 표현하려는 것을 멈추지 않고 실현하는 사람을 나는 '예술가'라고 부른다. 어떤 예술가는 캔버스에 그리고 어떤 예술가는 비디오로 영상을 만든다. 동민이는 SNS 세계에서 자신의 독특한 감각을 구현한다. 나는 그것을 하나의 예술작품으로 보고 있다. 계속 만들어지고 있는.

"형, 그런데 제가 주류에 저항하는 전사는 아니에요. 좋아하는 게 명확한 사람일 뿐이죠. 그리고 이제 돈을 벌어야 해요. 그래야 하고 싶은 것도 계속할 수 있어요."

코로나가 기승이던 2020년, 동민이는 한국으로 돌아왔다. 이 년 뒤 PAP KOREA 계정을 만들었다. 사실 만든다고 만들어지는 게 아니다. 유저들이 관심을 가져야 매체로 성장한다. "저는 그 부분에 어느 정도 자신이 있었어요. SNS 계정은 팔로워를 모으는 게 핵심이잖아요. PAP MAGAZINE 계정을 성장시킨 경험이 있으니까, PAP KOREA도 잘할 수 있을 것 같았어요. 물론 PAP KOREA는 PAP MAGAZINE의 창의적인 느낌만 가져올 뿐 자세히 보

면 달라요. PAP KOREA는 대중적인 소식이나 잘파세대(Z
세대+알파세대)를 겨냥해 공감대를 형성하기 쉬운 정보를
전달합니다. PAP MAGAZINE이 제가 보여주고 싶은 걸
보여준다면, PAP KOREA는 대중이 원하는 걸 전달하고 있
어요. 저한테 PAP KOREA는 또다른 미션인 셈이죠."

PAP KOREA는 데일리 뉴스 매체다. 이 씬에는 이미 많
은 팔로워를 가진 매체들이 있다. 기업에서 운영한다. "저
희는 늦게 시작했고 개인 자본으로 운영하니까 나름 선방
하고 있는 거 아닐까요? 이제 PR에어전시나 마케팅 관계자
대부분이 PAP KOREA를 알아요."

나는 종이 잡지를 만들던 에디터였다. 그래서 디지털 매
거진이라는 존재가 무작정 혁신적으로 느껴진다. 동민이는
혼자 시작했다. (지금은 에디터가 네 명이다.) 동민이는 스
스로 에디터가 되었다. 누군가 기회를 부여한 게 아니라 스
스로 그 기회를 만들었다.

○

"그런데 이름이 왜 PAP야?" 동민이에게 물었다. "Per l'Arte Postmoderna의 약자예요. 이탈리아어예요. 포스트모던 예술을 위하여, 라고." 아, 이 황당한 친구 같으니. 이름만으로도 동민이가 무엇을 하고 싶은지 알 수 있다. "포스트모던이라는 개념이 나온 지가 꽤 되었는데도 아직 그 다음을 대변하는 예술 개념이 등장하지 않은 것을 보고 저는 여전히 포스트모던은 정의되고 있는 중이라고 생각했어요. PAP는 패션 매거진이지만 동시에 비주얼과 미학이 에디토리얼을 제작할 때 큰 비중을 차지해서 패션의 관점에서 예술을 표현할 때 포스트모던이란 무엇인가 정의할 수 있는 것을 만들어보고 싶었습니다." 동민이가 말했다. 문장이 길고 주술 호응도 명확하지 않아서 모호하지만 메시지는 명확하다. 패션을 예술의 관점으로 보는 것.

그래서 나는 지금 Per l'Arte Postmoderna를 부자연스럽게 발음하며 PAP MAGAZINE 작업들을 다시 보고 있다. 밀라노 시내 한가운데에서 세상의 시선을 원기옥처럼 흡수하던 한 청년의 눈부신 룩이 무엇을 상징하는지 알겠다.

○

동민이에 대해 쓰고 생각하며 포털사이트에 검색을 해보았다. 아무것도 보이지 않는다. PAP MAGAZINE과 PAP KOREA 계정에 대한 관련 게시물은 몇 개 찾을 수 있다. 사람들은 이 젊은이가 만들고 있는 게 무엇인지 모른다. 이것은 아주 미세한 균열이다. 문화란 이러한 균열이 모여서 발전한다. 메인 스트림에 등장하지 못하는 이러한 존재들이 세상을 변화시키고 있지만 대부분의 사람들이 그들과 그들이 만드는 것을 온전히 이해하지 못한다.

아직은, 그렇다. 나는 동민이에게 어떤 것의 선구자가 되라고 말하고 싶지는 않다. 한 비범한 청년이 작금의 세상 속에서 자신이 사랑하는 가치와 어떻게 투쟁하는지 혹은 타협하는지 기록하는 것이 이 글을 쓰는 이유다. 그러니 성공담이 될 수가 없다. 매일 다시 시작하는 사람에겐 성공도 실패도 순간에 불과해서.

6월 20일

_____

시

_____

지금 여기

형 여기 겹쳐서 쌓아둔 액자 뭐에요

H라고 적혀 있네요

노보*가 그린 거야 캔버스마다 한 글자씩

E랑 P랑 O네요 와 크다

작품도 사람이랑 똑같아요 구석에 두면 속상해해요

그걸 잊고 살았다 시도 쓰지 않았으니까 나는 저걸 먼지
속에 밀어넣고 먼지가 되어가는 걸 보았다

희망이었네요 HOPE

형은 방에 희망을 쌓아두고 있었구나

펼쳐두세요 볼 때마다 설레게요

그는 H를 말리듯 창문 방향으로 높이 들어 흔들었다 1/4
의 희망입니다

E를 아니 O를 들어 1/4 옆에 두었다 그리고 P와 E를

형 이게 완성된 희망이에요

나는 울었다 이건 시가 아니기 때문이다

방에 큰 희망이 가득했다 잊지 말라는 듯이

---

* 아티스트. HOPE와 종이 비행기가 노보의 시그니처다.

에
세
이

내게 용기를 준 친구

조현우(@secondarykorea)

현우는 책을 읽는다

현우는 요리를 한다. 그가 해준 음식 중 내가 가장 맛있게 먹은 건 우삼겹덮밥이다. 현우의 나이는 스물여덟. 지금 일하는 식당에 취직하면서 요리를 시작했다. 주방 책임자의 말에 의하면, 현우는 종종 어떤 방식에 의문을 갖는다. "그건 그렇게 하는 거니까 그렇게 하는 건데도 말이죠." 정말로, 그건 그렇게 하는 것이었을 테다. 하지만 현우는 직접 해보면서 그게 그렇게 하는 게 맞는지 확인해야만 한다. "저는 납득이 돼야 그 '다음'으로 갈 수 있어요." 현우는 말한다.

현우는 음악을 만든다. 아직은, 그저 만들기만 한다. 장르는 힙합. 꿈은 프로듀서가 되는 것이다. 그가 왜 식당에서 일하기 시작했는지 나는 모른다. 아마 그도 이유를 알고 있지 않을 거다. 음악을 계속하기 위해서는, 음악만을 계속할 수는 없다. 이 아이러니 때문에 다른 일을 찾은 것일 텐데, 왜 요리인지는 그도 나도 그 누구도 모를 것이다. '다음'은 우연과 비슷한 말이니까.

현우가 일하는 식당은 오후 세시부터 다섯시까지 브레이크 타임이다. 현우는 책을 읽는다. 그건 너무나 생경한 풍경이다. 다른 직원들은 의자에 기대 쉬거나 누워서 잠을 잔다. 그건 그들이 하루와 하루 또 하루를 살아내는 방식이다. 나는 현우가 책을 읽는 게 신기해서 말했다. "네가 만든 요리엔 문장이 담겨 있겠다." 현우는 어떻게 그런 표현을 하냐며 놀랐다. 나는, 시인이라고 말했다. 그는 웃었고 그럴 리 없다고 말했다. 그가 믿든 믿지 않든 내가 시인인 건 달라지지 않는다.

현우는 최근에 식당 사장에게 근무 시간을 줄여달라고 부탁했다. 곡 작업에 집중하고 싶어서. 사장은 흔쾌히 그렇게 하자고 했다. 유명해지면 인터뷰할 때 자신의 이름을 꼭 말해달라고 요청하면서. 현우는 주방에서 일할 때 모자를 쓰는데 그 모자에는 '행복'이라고 커다랗게 적혀 있다. 사장이 똑같은 모자를 주방 스태프들에게 선물했는데 다들 촌스럽다고 쓰지 않았고 현우만 그 모자를 쓴다. 나는 말했다. "행복이 촌스럽다니……"

이 글을 다 쓰면 현우를 찾아가 우삼겹덮밥을 만들어달라고 할 예정이다. 오늘은 왠지, 덮밥을 먹으면서 힙합 스타일로 웨이브를 타야 할 것 같다. 현우가 행복 모자를 쓰고 만들어준 우삼겹덮밥엔 행복이 겹겹이 덮여 있고, 우아한 문장이 담겨 있을 거라고 생각하는데 느낌일 뿐 근거는 없다.

주방에서 우삼겹덮밥을 만들던 친구가 프로듀서로 성공할 수 있는 걸까? 그것이 그의 '다음'이 될까? 될 수 있을까? 나는 기대하지 않는다. 그래서 되지 않아도 괜찮다. 그의 삶을 함부로 위로하지도 않을 거다. 다만 나는 그에게 약간의 경의를 갖고 있다. 그리고 그의 옆에 있을 뿐이다.

인
터
뷰

2023년 11월, 시인 유희경(@mortebleue)과
시집 서점 '위트 앤 시니컬'에서 인터뷰를 했습니다.
"언제 가장 힘들었어?"
고생담을 물었는데 그는 일단 웃었고
조목조목 기억을 불러오기 시작했습니다.

낭독이 시작되고 나니 모든 게 좋았지
| 유희경 위트 앤 시니컬 대표 |

○

2016년 7월 시집 서점 '위트 앤 시니컬'이 시작되었다. '시작되었다'는 표현이 어색한가? 잠시 고민했는데, 나는 이 시집 서점의 존재를 서사로 인식하고 있다. 갑자기 대한민국 서울에 시집만 파는 서점이 생긴 것이다. 시집을? 시집을! 하물며 이 서사를 쓰고 있는 사람은 시인이다. 시가 동시대 이 세계에서 얼마나 예외적인 존재인지 누구보다 잘 알고 있는, 시인이. 나는 그 시인에게 어떤 사명 같은 게 있었을 거라고 생각하지는 않는다. 무슨 이유로 만들었으며 어떤 의지로 계속해나가고 있는지 궁금하지도 않다. 그저 시를 잘 알고 있는 한 시인이 자신의 정체성을 오롯이 담아 시집 서점이라는 이야기를 써내려가고 있는 거, 그 사실 자체가 신기하고 신비롭다. 그리고 조금은 감사해한다.

○

이우성(이하 이) │ 형이 시집 서점을 한다고 했을 때 나는 솔직히 잘 안 될 것 같았어. (유희경은 나보다 한 살 많고, 한 해 먼저 등단했다.) 서점? 사람들이 책을 안 읽는데 책을 판다고? 게다가 시집을? 형이 그때 출판사 다니고 있었으니까, 그냥 그대로 다니라고 말하고 싶었어. 그런데 형은 오픈했고, 무려 팔 년 가까이 운영하고 있어. 언빌리버블이야.

유희경(이하 유) │ 시집 서점이 팔 년 차로 접어든 거는 신기한 일이긴 해. 시작할 때 목표는 이 년 넘기는 거였어. 잘되면 멋진 실험이고, 못 되도 기획자 입장에서 큰 실패는 아닌 거니까. 즐거운 시도 정도는 충분히 될 테니까. 그래서 딱 그만큼만 하려고 한 건데 정말 이 년 만에 그만두려고 하니까 많은 사람이 아쉬워했고, 나에게 책임이 있다는 걸 직간접적으로 알려주었고, 그 알 수 없는 책임감 덕분에 여기까지 온 거야. (책임감은 이런 것이다. '대한민국 서울에 잘 큐레이션된 시집 서점이 한군데도 없는 건 말이 안 되잖아!'

유희경이 만들었고 팔 년째 운영중이다.)

이 | 누군가 형에게 책임감을 말하거나 스스로 책임감을 생각할 때 어때?

유 | 어느 날 큰돈이 입금됐어. 그 책임감에 대해 말하는 사람 중 한 명이 보낸 거였어. 그거를 봤는데 부담스럽다 어떻다 이런 판단이 들기 전에 해야겠다, 계속해야겠다…… 가끔 어떤 사람들이 시집을 털어가듯 사가. 지인들이지. 그런데 그들은 시집을 이미 많이 갖고 있잖아. 그 시집이 필요가 없는 사람들인데 그들이 희경아, 너 잘해야 되고, 너 망하면 안 돼, 이런 얘기를 하면 그럴 때 내가 어떤 생각이 들겠어? 해야지, 내가 해야지.

이 | 이곳은 존재 자체로 의미가 있어.

유 | 그렇지. 의미는 있지. 하지만 이 모습 그대로 계속하는 건 안 돼. 십 년 안에 존재 이유를 더 발견하고 싶어.

이 | 십 년이면 이 년 좀 넘게 남은 거네? 어떤 이유를 찾아야 하지?

유│서점 너머의 어떤 것. 무형적인 가치 말고 발전적인 형식의 다른 모습. 십 년이 됐는데도 그냥 작은 서점으로만 있다면 곤란하지.

이│나는 시집을 파는 작은 서점도 훌륭하다고 믿지만 도약한다면 더 멋지겠네.

유│시집 서점을 운영하면서 다양한 경험을 쌓았단 말이야. 크고 작은 문화 기획을 통해 얻은 경험, 여러 사람들이 세계의 서점과 문학 공간을 경험하고 와서 들려준 이야기. 이런 것들이 내 안에 체화돼 있단 말이지. 그런 자산이 쓸모를 가지는 방식, 그걸로 위트 앤 시니컬도 다음 스텝을 밟아야 하지 않을까. 예를 들면 베를린에는 '하우스 퓌어 포에지 Haus für Poesie'가 있고, 파리에는 '메종 드 라 포에지 Maison de la Poésie'가 있어. 이런 곳들은 대체로 나라 혹은 시에서 후원을 받아. 그 공간을 기반으로 세계 여러 나라 시인을 초청해서 행사도 하고 작품도 번역해서 기록해두는 거지. 아카이빙인 거야. 위트 앤 시니컬도 그렇게 해보고 싶어.

이│한국에도 국가의 후원을 받아서 운영되는 시 관련 공간들이 있기는…… 하지.

유 | 맞아! 있지. 더 혁신적이고 분명한 목적을 가진, 한국의 하우스 퓌어 포에지를 만들고 싶어. 그러기 위해서 앞으로 이삼 년 동안 어떤 준비를 해야 할지 궁리 중이야.

이 | 그런 생각까지 하는지 몰랐어.

유 | 그런데 하우스 퓌어 포에지에 가서 보고 엄청나게 놀라진 않았어. 왜냐하면 위트 앤 시니컬도 비슷한 작업을 하고 있어. 유튜브에 올린 '이미지 텍스트 아카이브' 콘텐츠가 그거야. 다만 한국의 상징적인 공간에서 이 작업을 하고 싶어. 인력이 많으면 다양한 시도도 해볼 수 있을 것 같고.

이 | 시집 서점 하면서 힘들었던 순간은 언제야? 유난히 기억나는 시기가 있어?

유 | '문단 내 성폭력' 문제 터졌을 때 너무 괴로웠어. 배신감을 느낀 여성 독자들이 서점에 안 오거나, 와서 자신들의 감정을 나한테 피력했어. 우리가 사람들한테, 시가 쓸모는 없지만 가장 순정한 언어로 쓴 것이고 그러니 읽을 가치가 있는 것이라고 설명해왔잖아. 그런데 나 스스로 그게 아닐

수도 있다는 생각을 하게 된 거지. 내가 시를 무조건적으로 신봉하진 않지만 시 또는 시 쓰는 사람에 대한 인식이 바닥까지 내려가는 건 대단히 힘들었지.

이 ┃ (우리는 이 이야기를 더 하고 싶지 않았다.)

유 ┃ 금전적으로는 코로나 끝난 직후 정말 많이 힘들었어.

이 ┃ 맞아, 자영업하는 사람들은 다 그렇게 말해.

유 ┃ 그때 휘청했어. 갑자기 매출이 떨어지는데 대책도 방법도 없는 거야. 그런데 신기할 정도로, 그럴 때마다 어떻게든 해결이 된다. 나는 이 말이 어떻게 들릴지 모르겠는데 위트 앤 시니컬을 만든 다음에 열심히 살지 않았던 적이 없어. 일주일에 하루도 안 쉬었거든. 지금은 일주일에 하루 쉬어.

이 ┃ 이 작고 조용한 곳에서 치열하게 견뎠구나.

유 ┃ 조그마한 궁리를 해도 재밌고 한편으론 힘들기도 한데…… 이를테면 우리가 '작약주간'이라는 걸 해. 5월 첫째 주에 작약을 가져오면 시집으로 바꿔줘. 주변에서 너 그 손해를 어떻게 감당하려고? 했어. 그런데 여기 오는 분들은 시집을 그냥 바꿔가지 않아. 한 권이라도 더 사.

이 | 낭만이다. 사랑이고.

유 | 그런데 한편으로 유리병에 꽃을 꽂는 것도 나한테 일이라는 거야. 엄청나게 많은 작약이 이 안에 들어와. 꽃을 받았는데 하루이틀 만에 죽어나가면 안 되잖아. 나한텐 이게 다 실무인 거야. 작약주간을 운영한 지 한 사오 년 됐어. 처음에는 우리들끼리 잔치였어. 위트 앤 시니컬 자주 오는 사람들. 그런데 이 행사가 SNS에서 유명해진 거야. 이런 낭만적인 행사가 있다니. 평소 시집을 읽지 않던 사람들이 작약을 들고 온 거야. 그분들이 시집을 여러 권 사서 뭐할 거야. 꽃으로 바꾼 시집 한 권을 들고 가시는 거지. 그걸로 충분하잖아. 시를 읽던 분들이 아니니까. 그래서 나랑 매니저하고 당황을 한 거야. 이거 멈춰야 할지도 모르겠다. 금전적으로 손해가 너무 커지고 있는 것 같은데…… 그랬는데 자존심이 있어서 그냥 했지. 나중에 결산을 해보니까 큰 손해는 아니었어. 시집을 여러 권 사주신 분들 덕분에. 그러니까 결국 작약주간의 위기 때 상징적으로 드러난 사실인데 언제나 이 서점을 살리는 건 시를 읽는 사람들, 정말 시

를 좋아하고 그래서 이 서점을 아껴주는 마음들인 거지. 그들의 선의로 위트 앤 시니컬이 여기까지 올 수 있었던 거라고 생각해.

이 | 응, 하지만 일방적 선의는 아니야. 시를 좋아하는 사람들에겐 이 공간이 소중해. 여기 있는 책들이 동시대 첨단 시집이라는 확신을 독자들이 갖고 있어. 콘텐츠가 좋아서 사는 거야. ('형 그런데 나는 요즘은 이런 생각이 들어. 우리가 사랑한 시가, 정말 소중한 대상이 맞을까? 지키고 가꾸어야 할 숲속의 나무 한 그루만큼의 의미는 있는 걸까.' 묻지 않았다. 두려웠던 것 같다. 어떤 대답을 듣든.) 시집 서점을 하겠다고 결심했을 때 장사가 잘될 거 같았어?

유 | 상업적인 판단이 전혀 없었던 건 아니야. 시집 서점은 공간이 넓지 않아도 된다는 게 첫번째 장점이었고, 두번째는 시집이 중쇄 양이 엄청나다는 걸 알았어. 출판사에서 일했으니까. 예를 들어 이성복 선생님 시집은 수십 년 전에 나온 게 여전히 판매가 되잖아. 이런 분들이 한둘이 아니잖아. 실제로 그 판단이 어느 정도 맞아떨어졌지. 위트 앤 시니컬 매출이 적다고 해도 한 달에 시집 천 권은 파니까

이 | 한 달에 천 권 판다고?

유 | 몇 권 팔 줄 알았어? 천 권은 당연히 팔아야지. 그래야 매니저 월급 주고, 월세도 내지.

이 | 엄청나게 대단한 일이잖아. 한 달에 시집 천 권을 파는 건. 자부심을 가져도 돼.

유 | 여기 오는 분들은 시집을 한 권만 사지 않아. 시를 좋아하는 분들이니까 여러 권 사가시지.

이 | 형, 나는 그런 분들한테 고마워. 그분들도 좋아서 사는 거고, 내 시집은 몇 권 팔리지도 않았지만, 그래도 그분들이 계셔서 작가도 쓰는 마음이 생기는 것 같아.

유 | 맞아. 그런데 한편 아이러니한 건 이 공간 문턱이 생각보다 높아. 시를 좋아하는 분들에게는 익숙한데 시를 잘 모르는 분들에겐 시인 이름이 다 낯설어. 문턱을 낮추려면 베스트셀러 목록에 올라가 있는 대중적인 시집들을 가져다놔야 해. 그런데 그걸 못하겠어. 내가 편협한 거지.

이 | 아니야. 그 시집들은 굳이 여기가 아니어도 살 수 있잖아. 이곳은 이곳의 캐릭터로 존재하는 거야. 상혁이 형이랑(김상혁 시인) 유튜브 하던 거, 더 안 해? '십마니와시인 킴' 그거 재밌었어. 부러웠고. 유튜브에 시 콘텐츠는 별로 없잖아. 그런데 그걸 한 것도 부럽고 예능처럼 만든 건 대단하다고 생각했고.

유 | 나라에서 지원금 받아서 한 거야. 그런데 지원금이 떨어졌어…… 그런 상황에 하고 싶은 걸 다 할 수가 없으니까 더 중요한 게 뭔지 결정한 거지. '이미지 텍스트 아카이브'를 하는 게 더 의미가 있을 거라고 판단했어. 그런데 대통령께서 지원금을 아예 없애버려서 내년부터는 그것도 못 해. 계속하고 싶어. 시인들의 음성을 아카이빙해두는 건 필요한 작업 같아.

(우리는 한숨을 쉬었다. '이미지 텍스트 아카이브'는 시를 영상으로 구현하는 작업이다. 시인이 직접 낭독도 한다. 유희경 시인은 이 기록이 중요하다고 믿고 있다. 반면 문화 예술 분야에 대한 지원은 이 정부 들어 줄고 있다. 나는 천박한 인식 수준을 가진 몇몇 때문이라고 생각하지만, 애당초

문화 예술이 지원 대상이 맞는지 의아해하는 사람들도 의
외로 많다. 하물며 시를…… 하지만 내가 판단하기에 시는
인류가 자아의 올바름을 지키기 위해 전승시킨 도구다.)

이 | 그동안 위트 앤 시니컬에서 낭독회가 굉장히 많이 열
렸지. 횟수로 보면 대한민국에서 낭독회를 가장 많이 한 곳
이 여길 거 같아. 힘든 건 없었어? 모객?

유 | 우리는 모객이 안 되는 경우가 별로 없었어. 어떤 작
가 낭독회를 해야 모객이 잘되는지 알고 있으니까. 김소연,
황인찬. 언제나 어디서나 흥행이 될 수밖에 없는 카드들이
지. 그런데 우리가 백 명씩 신청받는 게 아니잖아. 이삼십
명 정도니까 쉽게 솔드아웃 되는 거지. 다만 유희경이 좋아
하는 작가만 위트 앤 시니컬에서 낭독회 하는 거 아니냐, 라
고 말하는 사람도 있어.

이 | 그게 사실이라고 해도 뭐가 문제지?

유 | 물론 내가 운영하는 공간이지만 나름 공적 역할이 있
다고들 생각하는 거겠지. 사실 어느 정도 수긍하고 있어.
이제 백 회 낭독회를 하게 되는데 그걸 그저 나 혼자의 힘으

로 해낼 수는 없었다고 생각해. 다들 도와준 거지. 이래저래 어떤 일을 진행하고 보면 한번도 본 적 없는 시인이나 문학 관계자의 도움을 받게 될 때가 있거든. 처음엔 내가 잘나서 잘되는 줄 알았는데, 아니야. 아니었어.

이 | 설마 형을 싫어하는 사람이…… 그래, 모르지. 하하. 그래도 형은, 시 낭독회가 순식간에 솔드아웃 될 수 있다는 걸 보여줬어. 엄청난 거지.

유 | 위트 앤 시니컬이 잘한 것이 있다면 시인들한테 실제로 자기 시집을 고른 사람을 만나게 해준 거라고 생각해. 낭독회를 통해서도 그렇고 종종 여기 놀러 오는 시인들이 있으니까. 손님들한테 말을 해줘. 저기 저 사람이 이 시집 쓴 분이에요. 사인받아 가세요, 라고.

이 | 위트 앤 시니컬 낭독회는 시인들이 그냥 시를 읽어서 좋아. 혼자 툭 나와서 여러 편 읽고 하고 싶은 말 하고. 그 외 다른 언어가 섞이지 않는 것.

유 | 처음엔 시인들이 되게 어려워했다. 어색할까봐. 그런데 낭독이 시작되고 나니 모든 게 좋았지.

이 | 시를 많이 좋아하는 사람들을 제외하고는 이런 공간이 있는 걸 몰라. 이 공간에서 이런 일들이 일어나고 있다는 것도 모르지. 이 공간이 사라져도 그런 사실조차 모를 거야. 그러니까 더 있자. 개인의 상업 공간이든 공적인 책임감을 갖는 공간이든 일단 더 있자.

유 | 그만해도 돼, 라고 말하는 사람은 아직 없어. 그런데 이렇게 얘기를 하면 내가 어떤 당위나 책임 때문에 이 서점을 운영하는 것처럼 돼버리지만, 이건 꼭 덧붙여야 돼. 팔년 동안 먹고 살았다는 거, 이 서점 덕분에 다양한 일을 할수 있었던 거. 위트 앤 시니컬 대표 유희경이 시인 유희경보다 훨씬 큰 이름이었어.

○

나는 위트 앤 시니컬에서 낭독회를 한 적이 없다. 시집이 두 권이나 있는데. 흥행 카드가 아닌가보다.

나는 서운하지 않다. 바람은 한 가지뿐이다. 그가 시집 서점에 계속 머물며 예외적 서사를 계속 써 내려가는 것. 한국의 '하우스 퓌어 포에지'가 안 돼도 상관없다. 끝끝내 나를 낭독회에 안 부르는 것도. 그저 저 작은 시의 집이 대한민국 시인인 나의 자부심으로 오래 남아주면, 충분하다.

에
세
이

내게 용기를 준 친구

구상우(@houseofnangman)

아무도 이렇게 하지 않는 걸
상우가 했습니다

상우는 모자 브랜드를 만들었습니다. 이름은 '하우스 오브 낭만'입니다. 하우스도 영어고 오브도 영어인데 낭만은 한글입니다. 보통은 다 영어를 쓰죠. 우리 다 대한민국 사람인데 은근 영어는 멋지고 한글은 촌스럽다는 인식을 갖고 있습니다. 브랜드를 하는 사람들은 더 그렇습니다. 그리고 제품을 만들 때도 한글보다 영어를 사용하는 게 디자인이 예쁩니다. 이건 뭐 사실이라고 봐야죠. 그런데 상우는 당당하게 낭만이라고 적고 '낭만의 집'이라는 영어/한글 이름을 지었습니다. 음, 낭만의 집이라고 하니까 촌스럽긴 하네요. 그런데 온전히 다 영어로 적으면 하우스 오브 로망스가 되는데요, 이것도 촌스럽긴 마찬가지잖아요. 하우스 오브 낭만이 제일 좋네요. 이 낭만적인 이름을 상우가 지었습니다.

　그리고 상우는 제 기준, 엄청난 일을 해버립니다. 모자 가운데 한글로 '행복'이라고 적어버린 겁니다. 6월 21일에 등장한 친구 '현우'가 쓴, 바로 그 모자예요! 보통은 다 영어를 적는다고요. 생각해보세요. HAPPY라고 적었으면 어땠을까요? 이 단어를 너무 많이 보고 듣고 읽어서 진부하게 느껴지죠. 그렇다고 한들 정말로 모자 한가운데에 '행복'이라고 적는 사람은 없다고요. 상우는 했습니다. 물론 행복 양옆과 위에 영어들이 적혀 있긴 합니다. 그래도 행복이 젤 크다고요. 저는 그 모자를 보고 전율했어요. 행복해서요. 말 그대로요. 웃기게 적어넣은 행복이 아니라 디자인이 아름답게 적혀 있는 행복이었어요. 저는 행복을 마구 사서, 몇 개인지 기억도 안 날 만큼 사서, 친구들에게 선물했습니다. 행복을 돈으로 살 수 있습니다. 정말 낭만적이죠. 브랜드 이름이 하우스 오브 낭만인 이유가 있네요. 모자엔 한글로 '낭만'이라고도 적혀 있고 '웃으면 행복해진다고 믿기'라는 문구도 한글로 적혀 있습니다.

론칭 일 년이 지났습니다. 최근에 새로운 모자를 출시했습니다. 이번엔 가운데에 '사랑'이라고 적었습니다. 역시 아무도 이렇게 하지 않는 걸 상우가 했습니다. 저는 상우에게 말했습니다. "사랑을 가져와. 나는 돈을 줄게."

상우가 브랜드를 만든다며 이곳저곳 돌아다니던 시절이 떠오릅니다. 저는 이런 말을 한 적이 있습니다. "망하는 브랜드 많아. 특히 패션은 너무 어려워." 왜 그랬을까요? 응원이나 해주면 되는 건데. 브랜드 론칭하고 나서 가방에 모자를 넣고 돌아다니며 홍보를 하던 시절도 떠오릅니다. 상우는 혼자 저벅저벅 걸어가서 모자를 주고 써달라고 부탁했습니다. 상우가 모자를 몇 개나 팔았는지 돈을 얼마를 벌거나 못 벌었는지 저는 모릅니다. 다만 저는 사랑을 머리에 쓰고 싶습니다. 그렇게 돌아다니며 사람들이 사랑을 보게 만들고 싶습니다. 다들 기분이 좋아질 것 같아요. 사랑이니까요. 아, 그러고 보니 모자 한가운데에 아름답게 사랑이라고 적고 행복이라고 적으면 모자를 쓰고 돌아다니는 사람들이 행복 전도사가 되고 사랑 전도사가 되는 거네요. 누구나 그 글자를 볼 테니까요. HAPPY가 아니라 LOVE가 아니라 행

복과 사랑이니까요. 더 선명하고 따뜻하니까요. 낭만적이
네요. 그저 사랑이라고 적고 행복이라고 적었을 뿐인데 세
상에 없었던 제품이 되다니. 저는 돈을 내고 사랑을 많이 샀
습니다. 그리고 나누어주었습니다.

6월 24일
_____

시

_____

6월의 모든 것

식물들은 미워하고 있는 거예요

플라스틱 물병을 손가락으로 쥐며 그는 오늘이 자신의
네번째 꿈을 이루는 날이라고 말했습니다
부서지는 소리는 모두 같아요 모두 부서지는 소리죠

파도 앞에서 나는 늘 얇은 마음이 되는데 그건 빛 때문은
아니다 모래를 퍼담던 두 손을 모았을 때
내 손은 잘렸다 하지만 모두가 무사한 것은 모두가 평화
를 사랑하기 때문이고
나는 오염이 순조롭게 진행되는 것을 보았다

그와 나는 한자리에서 너무 오래 사랑했다

　심해에 바람이 닿으면 모두가 조금 더 긍정적인 태도를 갖게 될 것이다 낮게 엎드린 조류들이 부풀고 부풀어서 수면에 둥둥 떠오를 것이고

　기억은 돌아오고 싶어서 과거가 될 것이다

　좋아하는 사람에게 편지를 쓰는 건 폭력적인 일이 되었다 마음을 전하지 않는 건 우리 시대의 작은 규율이다 고백하는 방법을 잃어버려서 나는 영원히 혼자 살 거 같은데 슬픔을 누구에게 드러내야 할까

　녹색 빛이 팔을 길게 길게 늘어뜨려 6월에게 간다

　아름다운 건 지금 이 순간 최선을 다해 부정하고 있다는 거야 그건 의지지만 영원히 가질 수 있는 건 아냐

　하늘색 셔츠가 날아와 모래를 만지며 나아갔다 웃으며 달려오는 사람을, 죄송해요 사랑해서

　그건 너무 진부한 서사다 현실은 생장하는 게 아니고 시간을 발음하는 동안에도 모두를 늦게 하니까

미워하는 거예요

에
세
이

내게 용기를 준 친구

망키(@mangki.kr)

망키는 자주, 난데없이,
긍정을 외친다

    망키는 굿러너컴퍼니 대표다. '좋은 러너 회사'라는 이름
이 좋아서 나는 망키를 좋아한다. 회사 이름을 이렇게 짓는
사람을 싫어할 수 없다. 나는 좋은 것도 좋고 러너도 좋아하
기 때문이다. 좋은과 러너, 그리고 그런 회사, 좋아.

    망키의 본명이 뭔지 모른다. 다들 그를 망키라고 불러서
나도 그렇게 알고 있다. 하지만 망키!라고 직접 불러본 적
은 없다. 회사 대표니까 대표님이라고 부른다. 왠지 망키!
부르면 어색할 것 같기도 하고.

    대표님 말고 내가 부르는 호칭이 하나 더 있다. 긍정! 정
말 긍정이라고 부른다. 왜냐하면 긍정은 그의 구호이기 때

문이다. 그는 사람들과 만나고 헤어질 때, 혹은 이야기를 나누면서 자주 긍정!이라고 외친다. 내가 안녕히 가세요, 하면 긍정!이라고 대답한다. 내가 와, 주말 러닝 기대돼요, 하면 긍정! 대답한다. 그는 자주, 난데없이, 긍정을 외친다. 그래서 나도 그를 보면 주먹을 꽉 쥐고 긍정이라고 외친다. 그를 보면 좋다. 그가 긍정이고 긍정이 그이기 때문이다. 좋은 러너 회사 대표인데 긍정이기까지 하니 좋아하지 않을 수가 없다.

나는 오늘 너무 힘이 들었다. 눈물 쏟아지는 상황이 일곱 번이나 있었다. 그런데 지금 이 순간, 망키에 대해 글을 쓰니 기분이 좋아진다. 그가 긍정!이라고 큰 소리로 외치고, 지나가는 사람들이 그와 나를 번갈아 보며 이 이상한 애들은 뭐야, 표정 짓는 풍경이 떠오르기 때문이다.

긍정! 긍정! 긍정!

에
세
이

내게 용기를 준 친구

서재우-(@adicent83)

서재우는 『E+E』 매거진을
만들고 있다

○

"형, 서재우 에디터라고 알아요?" 누리가 물었다. (6월 1일
에 등장했던 친구 그 누리!)

모른다고 했다. 에디터 그만둔 지 구 년이 지났고, 매체가
많아져서 에디터도 많아졌으니 그들을 다 아는 게 불가능
하다.

"형, 서재우 에디터가 하는 매거진이 있는데 거기 제 스피
커 작업이 소개되거든요. 그래서 같이 전시를 해요."

그러니까 서재우가 매거진을 만드는데 거기에 소개된 작

업들을 모아 전시를 한다, 뭐 이런 거 같았다. 어? 그걸 서재우가 다 한다고? 걔 뭐 돼?

○

서재우는 매거진 『B』 에디터였다고 한다. 나는 2015년 연말 에디터를 그만두었다. 이 업계는 해외 라이선스 매거진이 주도하고 있었고, 2011년 가을 등장한 매거진 『B』는 꾸준히 균열을 만들며 성장했다. 개인적으로 2013년부터 2018년까지가 매거진 『B』가 멋진 작업을 하던 시기라고 본다. '디지털 매체'가 본격적으로 등장하기 이전이다.

매월 한 브랜드를 깊이 탐구하는 매거진 『B』의 접근 방식은 이전에 없던 것이었다. 브랜드 이야기로 잡지 서너 장을 채우면 광고지만, 그걸로 한 권을 만들면 멋진 콘텐츠가 된다는 것을 이 잡지를 통해 배웠다. 한 권 안에는 많은 이야기가 담기고 그건 광고나 홍보의 영역을 넘어선다. 거의 세계관에 가깝지.

한 시절 섬광 같았던 매거진 『B』를 그만두고 서재우는 본인이 직접 발행인 겸 편집장 겸 에디터가 되어 『E+E』 매거진을 만들었다. 앞의 E는 일렉트로닉, 뒤의 E는 에스프레소. 얇고 모호한 매거진이다. 혼자 잡지를 창간한다는 건 스스로 동시대 첨단 감각의 일부가 되겠다고 선언하는 것이다. 결단코 돈이 되지 않으며, 돈이 되는 순간이 온다면 오히려 방향에 의심을 품어야 한다. 이건 본질적으로 상업적일 수가 없다.

그래서 '서재우는 『E+E』 매거진을 만들고 있다'라고 적으면, 사실 이 한 줄엔 꽤 복잡한 맥락이 담겨 있는 것이다. 그런데 전시까지……?

전시는 정동길에 있는 '갤러리 모순'에서 열렸다. 입구에서 『E+E』를 팔았다. 두번째 에디션이 나온 때여서 두 개를 다 샀다. 두번째 에디션 주제는 '소리'였다. 누리의 스피커가 주된 모티프였고, 그래서 두번째 『E+E』와 누리의 스피커, 그리고 이 스피커를 찍은 사진이 함께 전시되었다. 물론 이것이 전부는 아니다.

소리는 공간 안에서 어떻게 존재할까? 들리지 않으면 소리는 스스로를 증명할 수 있을까? 전시장 안쪽 방으로 들어가니 나무 테이블 위에 누리가 만든 스피커와 『E+E』가 함께 놓여 있었다. 하나는 스피커, 하나는 매거진. 두 매체 사이의 공명은 들리지 않는 소리가 다시 소리에 가닿는 여정을 환기시킨다. 맞아, 사실 우리가 모두 스피커지, 라는 인식과 함께.

누리의 스피커를 찍은 사진이 곳곳에 걸려 있다. 사진 속의 스피커 역시 아름답고 우아하다. 사진 속 스피커의 소리 역시 아름답고 우아하다. 누리는 서재우에 대해 "제 작업을 가장 잘 이해해주는 사람이에요"라고 말했다. (내가 아니라니……)

누리의 말을 듣고 이런 생각을 했다. '가장 잘' 이해하기 위해서는 상응하는 무엇인가를 만들어야 하는구나. 농담이 아니다. 이 부분은 중요하다. 동등한 위치에서 작업물을 바라보고 작업물에 상응하는 언어로 이야기해야 한다.

서재우의 놀라운 점이 이것이다. 그는 자신의 '표현 언어'를 직접 만든다. 외부의 동력이 아니라, 스스로 동력이 되어 그 과정을 이끈다. 외롭고, 난처할 수밖에. 그러나 멋진 천재들이 그렇듯 서재우 역시 자신의 세계를 만들고 있다.

○

지금 나는 『E+E』1호와 2호를 하나씩 들고 있다. 종이 안에 담긴 것들이 움직인다. 세계를 칼로 잘라 단면을 꺼내놓은 것 같다. 그것은 아름다움에 대해 말하고 있고 재미는 없으며 유용하지 않다. 재미없고 유용하지 않으니 사람들이 유심히 보지 않는다. 그래서 나는 서재우를 좋아한다. 더 정확하게 적자면, 계속하고 있는 서재우를 좋아한다. 누가 뭐래도 계속 아름다울 거니까.

덕분에 나는 이 시대 다수와 공유하지 않는 세계를 혼자 가진다. 예전에 나는 이것이 역설적으로 유용하지 않냐고 말하곤 했다. 남이 갖지 않은 것을 가졌으니까. 지금은 그렇게 생각하지 않는다. 의미도 없고 힘도 되지 않는다. 아름다움 그 자체로 빛나는 시대가 아니다. 그러니 계속 무용

할 것이다. 서재우도 나도 현실을 받아들여야 한다.

　이 글을 쓰면서 한 가지가 계속 빠져 있다고 느꼈다. 예보에 없던 비가 내리던 저녁, 달리기를 하는데 문득 서재우가 떠올랐다. 그것은 궁금해하는 서재우의 모습이었다. 이름을 알 수 없는 해변에 서재우가 서 있고, 그는 계속 모르는 바닷가를 걷고 있다. 그곳은 형상이 바다일 뿐 속성을 알 수 없으며, 점점 지워진다. 불현듯 서재우가 쌓아가고 있는 '표현 언어'의 '에스프레소'는 '모름을 향해 걸어가는 것'이라는 생각이 들었다. 알고 있는 것에 의지하지 않고, 꾸준히 조용히 모름을 향해 간다. 그것이 그의 숙명처럼 보인다. 나는 그를 격려하고 싶은 것 같다. 그 길을 같이 걸을 거라고 말해주면서.

　달리기를 마치고 돌아와 이 생각을 잊을까봐 서둘러 옮겨 적었다. 마지막 문장은 이렇게 적었다. 다프트 펑크의 〈Harder, Better, Faster, Stronger〉과 〈One More Time〉을 들으며.

소리로 만들어진 한 사람이 자기 소리가 어디에서 비롯되었는지 찾고 있다. (누리야, 서재우도 소리여서 네 스피커 작업을 좋아하나봐.)

에
세
이

내게 용기를 준 친구

김민준(@limit_jun)

김민준과 영춘이

민준과 나는 월요일마다 함께 달린다. 민준은 국가대표 마라톤 선수였다. 세계선수권대회 단체전 은메달을 땄다. 하지만 김민준을 검색해도 수상 기사를 찾을 수 없다. 개명했기 때문에. 이전 이름 김영춘. 그는 이 이름을 안 좋아한다. 촌스러워서.

민준이 월요일마다 내 페이스에 맞춰서 달려주기 때문에 그렇기는 하지만 늘 내 페이스보다 약간 더 빨리 뛰기 때문에, 그리고 그도 은퇴한지 오래되었기 때문에, 우리의 달리기는 내가 많이 힘들어하며 끝이 난다. 죽을 것 같은 날도 있었지만 다행히 건강하게 살아 있다.

그런데 김민준이 작년 여름부터 달리기를 열심히 하기 시작했다. 가을에 열린 JTBC 마라톤 대회 마스터즈 부문 (일반부)에 출전해 2시간 55분 36초 기록으로 완주했다. 팔 년 만의 풀코스였다. 잘 모르는 사람들은 역시 선수 출신은 다르구나, 말하겠지만 마라톤이라는 게 한때 선수였다고 무조건 세 시간 안에 완주할 수 있는 게 아니다. 노력을 해야 한다. 노력은 당연히 힘들다.

민준은 대회 끝나고 바로 다음 대회를 준비했다. 은퇴하고 일만 하고 살던 사람이 갑자기 왜 훈련을 열심히 하게 된 건지는 잘 몰랐다. 운동하는 게 좋아졌나보네, 정도만 생각했지. "우성이 형, 다음 대회 땐 두 시간 삼십 분 안에 들어와보려고요." "그게 가능해? 불과 몇 달 만에?" "네, 해보는 거죠. 훈련하는 방법은 아니까요." 당시만 해도 우리 같이 웃고 잊었다…… 생각했는데 민준은 아니었던 것 같다. 기어코 해내려고 의지를 다졌다.

그는 매일 달렸다. 월요일에 볼 때마다 몸이 점점 없어져갔다. 살이 빠져서. "이러다가 사라지는 거 아니야? 사라진

살이 나한테 온 거 같아." 그는 씨익 웃는다. 정말로 씨익. 그러면 나도 모르게 그만 "영춘!"이라고 입에서 나오고, 그걸 다시 삼킨다. 촌스러운 영춘이 더 정겨운데 민준보다. 민준이든 영춘이든 문제가 하나 생겼다. 전직 국가대표 선수의 기량이 굳이 급성장하는 바람에 월요일마다 내가 죽을 것 같았다. 민준이 나름 나와 페이스를 맞추는데도 그도 자신의 속도를 주체하지 못했다. 그리고 빨라진 자신이 기특하고 기분 좋은지 왜 그렇게 느리냐고 나를 놀리기 시작했다. 숨이 차서 죽기 전에 약이 올라 죽을 뻔했다. 하지만 그는 순수하게 너무나 순수하게 달리는 순간을 좋아했다. 그 마음이 내게도 전해졌다.

   대회 전주 월요일에 내가 물었다. "마스터즈 포디움에 올라갈 수 있을까? 몇 달 만에 그건 무리겠지? 강자들이 너무 많잖아. 선출이었던 사람들도 여럿 있고." 포디움은 시상대다. 일반부는 5위까지 올라간다. "모르죠. 못할 것도 없다고 생각은 하는데." 그때 민준은 할 수 있다고 생각했던 것 같다. 민준은 웃었다. 씨익.

다음날 그는 3등을 했다. 2시간 26분 9초. 인스타그램에 올린 기록을 보고 나는 놀라서 오 초 아니 십 초간 입을 못 다물었다. 재능이다. 할 수 있다고 믿는 재능. 믿는 대로 이루기 위해 노력하는 재능. 잘 뛰는 재능으론 이걸 해낼 수 없다. 그에게 그게 있었다면 선수 때 이미 다 사용해버렸을 것이다. 달리기란 그런 것이다.

다음 월요일에 내가 물었다. "할 수 있을 거라고 생각했어?" "네, 열심히 했으니까요." 열심히…… 하…… 열심히. 누구나 알지만 대부분 할 수 없는 그거. "왜 그렇게까지 한 거야?" "보여주고 싶어서요. 내가 마음먹으면 할 수 있다는 걸요."

그는 갑자기 켠 조명처럼 낯설게 반짝였다. 사람들은 여기 민준이 있다는 걸 알아챌 것이다. 요즘 민준은 행복해 보인다. 마라톤 대회에 나가면 그를 알아보는 사람이 많다. 달리기 모임에 나와달라는 부탁도 받는다. 뜬금없이 스타가 되었다. "인스타그램 팔로우도 이백오십 명 넘게 늘었어요." 씨익, 영춘이처럼 말한다. 묘하게 촌스럽고 정겨운 이름 영춘이. 민준이는 너무 세련된 도시 남자 같아.

"우성이 형, 아내가 저 머리카락 심어준대요. 다른 러너 분이랑 사진 찍은 거 보고 충격받았대요. 머리카락이 몇 개 없어서." 정말, 세련된 도시 남자가 되는 건가? "너무 빨리 달려서 빠진 거 아닐까?" "근데 형, 저는 지금도 괜찮아요." 뭐가 괜찮다는 건지 모르지만, 괜찮아 보인다. 그는 원하는 걸 자신의 의지로 이뤘다. 기록은 왜곡의 여지가 없다. 기록은 그의 노력을 증명한다. 그냥 얻은 게 아니다. 내가 봤다. 몸이 점점 지워지는 거.

원하는 게 있다면 노력해서 얻어. 고민하지 말고 그냥 달려. 스포츠 용품 광고 카피 같은 뻔한 이야기가 현실에서 벌어지면 뻔하지가 않다. 그저 우러러보고 박수 치게 된다. 그리고 뻔하지 않은 스토리를 나도 한번 써보고 싶어진다. 마음을 먹어보고 싶어진다. 풀코스 세 시간 안에 완주하기 도전해?

6월 28일

시

시작하지 않은
마지막 시

태어나서 가위바위보를 한 번도 져본 적이 없어

가위 바위 보

그가 놀랐다
내가 이겼으니까

예전에도 그렇게 말하고 가위바위보를 했는데
졌다

처음이야, 진 거
사실은 많이 졌지만
져본 적 없다고 말한다

와 처음이야 처음으로 졌어

너 진짜 대단해라고 말하지

그래서 나는 지지 않는다 근데 그게 시랑 무슨 상관이야

없어 아무것도

진지하면 진짜가 되니까 그리고 나는 대단하지 않으니까

사랑하는 시인 친구들의 이름이 떠오른다 함께 가위바위

보하는 모습도

나는 양손으로 보를 내고

박수를 쳤다

사랑하니까

처음이야

글자들이 꽃처럼 떨어졌다 바람이 몰려왔다

꽃잎 하나가 손등에 앉았어 무엇을 낼지 고민하다가 무

엇을 내지 않았어

시를 쓸 때도

아무것도 하지 않으면 아무것도 하지 않은 게 되니까

그게 이유가 될까

여기까지 쓰고 한 시간째 창밖만 보고 있다

이 시가 실릴 책은 6월에 나온다

그땐 꽃도 글자도 지나간 이야기가 될 것이다

가위바위보도

내 마지막 시도

6월 29일

———————————————————————————

에
세
이

———————————————————————————

내게 용기를 준 친구

채동찬(@dongchan_chae)

나는 그가 만든 브랜드 말고,
채동찬을 믿는다

"대표님." 우리는 서로 대표님이라고 부른다. "대표님, 제가 예전부터 하고 싶었던 게 있는데요, 아직 말씀드릴 단계는 아니긴 한데……" 그는 멋쩍어했다. 내가 자신을 지지해줄 거라고 믿는 표정. 나 역시 그런 표정. "패션 사업을 해보고 싶습니다. 즐거운 마음을 남과 다르게 표출하는 사람을 위한 옷을 만들고 싶어요. 대표님께서 잘 아시는 분야니까 많이 도와주세요."

내가 돕는 방법은 못하게 하는 것이었다. 채동찬은 음식점 프랜차이즈로 성공한 사업가다. 그걸 계속하면 된다. 그런데 패션? 망하기 제일 쉬운 분야. "대표님, 잘 아시겠지만 옷이 정말 어려워요. 새로 생기는 브랜드도 많고 없어지는 브랜드도 많아요." 나는 이렇게 말하면서 이 사람을 아끼는 만큼 더 강하게 하지 말라고 해야겠다고 다짐하고 있는데 그가 먼저 말했다. "제가 패션 사업을 하는 게 남들 눈에는 돈 좀 벌었다고 자아실현하려는 걸로 보이겠죠?" "네. 그런데 자아실현도 못할걸요." 그는 자신이 생각하는 콘셉트에 대해 말했다. 길게. 나는 그 말이 잘 들어오지도 않았고 네, 그래도 안 돼요, 라고 대답할 시점만 찾고 있었다. 그게 사년 전이다.

그는 대학원에 입학했다. 전공은 패션 비즈니스. 자아실현을 하기 위해. 졸업하고 일 년 뒤 이센트릭과 익조, 두 개의 브랜드를 론칭했다. 정말 뜬금없이 어느 날 옷 사진들을 카카오톡으로 보냈다. 별로였다. 하지만 그 말을 하지는 않았다. 그에게 콘셉트를 들어보니 옷의 맥락들이 이해가 되었다. 하지만 별로인 건 달라지지 않았다. 그 말도 하지 않았다. 이미 시작했으니 응원이 그를 돕는 길이라고 믿어서.

지금이 이 년째다. 계절을 하나씩 보낼수록 옷들이 점점 정돈되었다. 어떤 옷은 과감하고 어떤 옷은 밝았다. 모아놓으니 브랜드의 정체성이 서서히 보였다. 좋은 브랜드인지는 아직 확신이 안 서지만 이제 브랜드라고 부를 수는 있을 것 같다. 내가 놀란 건 그가 함께 변했다는 것이다. 나는 늘 그가 촌스럽다고 생각했다. 그리고 나는 정말로, 촌스러운 사람이 세련되는 걸 본 적이 없다. 그건 불가능하다. 돈이 아무리 많아도, 심지어 그는 '돈이 아무리 많'은 정도도 아니기 때문에 스타일을 바꾸거나 향상시키는 건 불가능하다. 왜냐하면 스타일은 옷에 국한되는 것이 아니라 그가 오랫동안 체득한 태도에 대한 것이기 때문이다. 그런데 그는 달라졌다.

사람을 판단하고 평가하는 것은 오만하지만 그에게 약간의 양해를 구하고 이야기하자면, 지금은 정말 패션 브랜드 대표 같다. 그를 보면 그가 어떤 방식으로 일하고 어떤 취미를 즐기며 어떤 삶을 추구하는지 들어보고 싶어진다. 옷은 그다음이다. 옷을 옷으로 대하면 그 브랜드는 성장할 수 없다. 그 옷은 세계를 담지 못한다. 입는 사람은 어떻게 입든 그의 자유겠지만 브랜드를 만드는 사람은 옷에 세계를 담겠다는 마음을 가져야 한다. 단추 형태에도 동시대성이 담긴다는 의식 혹은 의지. 놀랍게도 그는 그걸 갖게 되었다. 이센트릭과 익조는, 물론 아직 작고 낯선 브랜드지만 어쩌면 누군가는 이 옷의 가치를, 옷에 담긴 서사를 읽어줄 것 같기도 하다.

"독특하고 유일무이한 옷을 만들어서 사람들에게 옷 입는 즐거움을 주고 싶어요." 채동찬이 말했다. 근데 적자다. "대표님, 이제 만드는 능력보다 파는 능력을 키우셔야 할 것 같아요." 내가 말했다. 내가 뭐라고. 어중간한 비평가 태도.

그는 분명히 그 능력을 키울 것이다. 나는 그가 만든 브랜드 말고 그를 믿는다. 누군가는 돈 좀 벌더니 쓸데없는 짓 하네, 말할 수도 있다. 그런데 정말 대단한 거 아닌가? 돈 벌어서 쓸데없는 짓 하는 거. 누가 돈 벌어서 쓸데없는 짓 하지? 보통은 돈을 벌면 쓸데없는 짓을 하지 않는다. 돈을 더 벌려고 하지. 하물며 쓸데없는 짓을 이렇게 열심히 하는 바보는 없다. 돈을 계속 써가며…… 이게 안 대단해? 그래서 나는 기어코 채동찬이 이센트릭과 익조를 성공시키고 말 거라고 믿는 것이다. 그는 자아실현을 정말 잘하고 싶어하니까.

종종 '돈'이라는 단어는 다른 중요한 것들을 지워버린다. 노력, 열정, 변화 같은 것들. 사실 너무나 진부한 단어여서 별로 눈에 들어오지도 않는다. 또한 누구나 노력하고 열정을 갖고 있으며 기꺼이 변화한다. 정말? 정말로 모두가 이 진부한 단어를 삶 속에 체화시키고 살아? "이 일을 하면서 느낀 건데, 배움은 끝이 없어요. 다 안다고 생각되는 것이 전혀 새롭게 전복되는 경험을 많이 했어요. 매일 공부해야 해요."

진부한 것들을 매일 하는 삶. 나는 이 단순한 힘을 믿어보고 싶다. 자꾸만 그게 소중한 희망같이 느껴져서.

6월 30일

에
세
이

아빠

아빠는 사 년 전 뇌졸중으로 쓰러지셨다.

그날 이후 몸의 왼쪽을 사용하지 못한다.

쓰러지기 전에 아빠는 내 아빠였다.

그후엔 친구가 되었다.

우리는 같이 산책을 하고 목욕도 한다.

평생 아빠와 나눈 이야기보다

지난 사 년 동안 나눈 이야기가 훨씬 많다.

아빠는 존재만으로 나에게 위로이고 선물이다.

그래서 아빠에게 바라는 건

그냥 내 옆에 있는 것.

오래오래.

종종 어떤 사람이 되어야 할지 생각한다.

이 책의 원고들을 쓰면서

나는 확실하게 말할 수 있게 되었다.

선물 같은 사람이 되고 싶다.

존재하는 것만으로 다정한 위로인.

친구들이 나에게 그렇듯이.

친구는 나의 용기

ⓒ 이우성 2025

초판 1쇄 인쇄 2025년 5월 20일
초판 1쇄 발행 2025년 6월 1일

지은이 이우성

책임편집 유성원
편집 권현승 정가현
표지디자인 한혜진 **본문디자인** 이원경
저작권 박지영 형소진 오서영
마케팅 정민호 박치우 한민아 이민경 박진희 황승현 김경언
브랜딩 함유지 박민재 이송이 김희숙 박다솔 조다현 김하연 이준희
제작 강신은 김동욱 이순호
제작처 영신사

펴낸곳 (주)난다
펴낸이 김민정
출판등록 2016년 8월 25일 제406-2016-000108호
주소 10881 경기도 파주시 회동길 210
전자우편 nandatoogo@gmail.com **페이스북** @nandaisart **인스타그램** @nandaisart
문의전화 031-955-8865(편집) 031-955-2689(마케팅) 031-955-8855(팩스)

ISBN 979-11-94171-60-7 03810